文春文庫

朧《ろう》夜《や》ノ桜《さくら》

居眠り磐音（二十四）決定版

佐伯泰英

文藝春秋

目次

「居眠り磐音」

主な登場人物

佐々木磐音《ささきいわね》
元豊後関前藩士の浪人。直心影流の達人。旧姓は坂崎。師である佐々木玲圓の養子となり、江戸・神保小路の尚武館佐々木道場の後継となった。

おこん
磐音が暮らす長屋の大家・金兵衛の娘。今津屋の奥向き女中。磐音と結婚の約束を交わした。

今津屋吉右衛門《いまづやきちえもん》
両国西広小路の両替商の主人。お佐紀《さき》と再婚、一太郎が生まれた。

由蔵《よしぞう》
今津屋の老分番頭。

佐々木玲圓《ささきれいえん》
直心影流の剣術道場・尚武館佐々木道場を構える。内儀はおえい。

速水左近《はやみさこん》
将軍近侍の御側御用取次。佐々木玲圓の剣友。

依田鐘四郎《よだかねしろう》
佐々木道場の元師範。西の丸御近習衆。

松平辰平《まつだいらたつぺい》　佐々木道場の住み込み門弟。父は旗本・松平喜内《きない》。廻国武者修行中。

重富利次郎《しげとみとしじろう》　佐々木道場の住み込み門弟。土佐高知藩山内家の家臣。

笹塚孫一《ささづかまごいち》　南町奉行所の年番方与力。

木下一郎太《きのしたいちろうた》　南町奉行所の定廻り同心。

幸吉《こうきち》　深川・唐傘《からかさ》長屋の叩き大工磯次《いそじ》の長男。鰻屋「宮戸川」に奉公。

おそめ　幸吉の幼馴染み。縫箔職人を志し、江三郎《こうざぶろう》親方に弟子入り。

桂川甫周国瑞《かつらがわほしゅうくにあきら》　幕府御典医。将軍の脈を診る桂川家の四代目。

中川淳庵《なかがわじゅんあん》　若狭小浜藩の蘭医。医学書『ターヘル・アナトミア』を翻訳。

中居半蔵《なかいはんぞう》　豊後関前藩の藩物産所組頭。

四郎兵衛《しろべえ》　吉原会所の頭取《かしら》。

小林奈緒《こばやしなお》　磐音の幼馴染みで許婚《いいなずけ》だった。小林家廃絶後、江戸・吉原で花魁《おいらん》・白鶴《はつかく》となる。前田屋内蔵助に落籍され、山形へと旅立った。

坂崎正睦《さかざきまさよし》　磐音の実父。豊後関前藩の藩主福坂実高《ふくさかさねたか》のもと、国家老を務める。

『居眠り磐音』江戸地図

新吉原
山谷堀
東叡山 寛永寺
待乳山聖天社
向島
上野
下谷車坂町
浅草
聖天町
今戸橋
浅草寺
不忍池
花川戸町
竹屋ノ渡し
下谷広小路
新寺町通り
新堀川
吾妻橋
業平橋
品川家
十間川
首尾の松
北割下水
今津屋
天神橋
本所
石原橋
法恩寺橋
新シ橋
竹村家
南割下水
柳原土手
両国橋
横川
長崎屋
金的銀的
竪川
薬研堀
浮世小路
若狭屋
大川
鰻処宮戸川
六間堀
魚河岸
猿子橋
日本橋
新大橋
小名木川
日本橋
万年橋
霊巌寺
鎧ノ渡し
深川
亀島橋
金兵衛長屋
八丁堀
霊岸島
仙台堀
永代橋
永代寺
鉄砲洲
富岡八幡宮
越中島
佃島
堺橋

護国寺
中山道
日光御成街道
面影橋
小石川
伝通院
本郷
豊後関前藩
上屋敷
湯島天神
牛込
神田川
神田明神
牛込御門
表猿楽町
尚武館佐々木道場
駒井小路
駿河台
筋違橋御門
昌平橋
田安御門
九段坂
神保小路
市谷八幡宮
市谷御門
内藤新宿
四谷大木戸
善国寺谷通
麹町
江戸城
四谷
四谷御門
大手御門
半蔵御門
平川天満宮
呉服町
馬場先御門
鍛冶橋御門
南町奉行所
数寄屋橋御門
溜池
三十間堀川
木挽橋
木挽町
原宿
愛宕権現
増上寺
芝
宝泉寺
麻布村
麻布広尾町

本書は『居眠り磐音 江戸双紙 朧夜ノ桜』（二〇〇八年一月 双葉文庫刊）に
著者が加筆修正した「決定版」です。

編集協力 澤島優子
地図制作 木村弥世
DTP制作 ジェイ エスキューブ

朧夜ノ桜

居眠り磐音(二十四)決定版

第一章　白梅屋敷の花嫁

一

正月十五日、上元《じょうげん》──。この日、小豆粥《あずきがゆ》を炊いて食べ、また粥杖《かゆづえ》と称する柳の枝で女の腰を叩《たた》くと男の子を孕《はら》むという慣わしもあった。

細腰を柳でたたく十五日

このような光景が諸々方々で見られたという。さらに十四日から十六日は小正月と呼び、江戸では十五、十六日はお店《たな》の奉公人が待ち望んだ、「藪入《やぶい》り」

の日でもあった。

元日の大正月が武家社会を中心にした儀礼的な祝日であるのに対して、小正月は、旧暦の望《もち》の月を月のはじめと考える農民や庶民らの大事な一年の始まりといえた。ゆえに望粥《もちがゆ》の日とも称した。

小正月が過ぎると江戸の町も急に静けさを取り戻す。

この日、江戸の外れ、麻布《あざぶ》広尾《ひろお》町に白梅の香りが馥郁《ふくいく》と漂っていた。

早朝から白梅屋敷の奉公人や屋敷に関《かか》わりの里人が集まり、塵《ちり》ひとつないように掃除がなされた。もっとも、屋敷の手入れは何か月も前からなされ、庭木はつい先日職人が入ったばかりだ。

夕暮れ前、

「少し早いが、いいかのう」

と言いながら老爺《ろうや》が、茅葺《かやぶ》き屋根の門柱の左右に掲げられた、桂川《かつらがわ》家の家紋入りの高張提灯《たかはりぢようちん》に灯《あか》りを入れた。

将軍家御典医にして蘭方医《らんぽうい》の桂川家三代目甫三国訓《ほさんくにのり》の嫡男《ちやくなん》、甫周国瑞《ほしゆうくにあきら》が国主大名因幡鳥取《いなばとっとり》藩の重臣、寄合《よりあい》織田宇多右衛門《おだうたえもん》の息女桜子《さくらこ》を嫁に迎える祝言《しゆうげん》の日であった。

すでに仲人の御典医頭《がしら》松宮凌堂《まつみやりょうどう》、お万《まん》夫婦も屋敷入りして、そのときを待ち受けていた。

佐々木磐音《ささきいわね》は家紋入りの継裃《つぎかみしも》に身を包んで威儀を正し、花嫁が到着するのを控えの座敷で待っていた。その両脇《りょうわき》には杉田玄白《すぎたげんぱく》と中川淳庵《なかがわじゅんあん》が控えている。二人とも高名な蘭学者で、『解体新書《ターヘル・アナトミア》』を花婿《はなむこ》の国瑞とともに翻訳した仲間であった。

正客の前には目出度《めでた》くも桜湯が供されていた。

廊下に人影がして、白綸子地《しろりんずじ》柳桜模様の振袖《ふりそで》をきりりと着こなしたおこんが姿を見せた。すると同座の人々がおこんを見て、

ぽかん

とした顔をした。

おこんの格好は武家のようでどこか町娘の風情《ふぜい》を残していた。また娘のようでどこか新妻の初々しさも漂わせており、その場の者を和ませた。

「今宵《こよい》の花嫁ではなさそうな」

初老の武家が思わず呟《つぶや》いた。

「おや、おこんさん、本日は一段と艶《あで》やかですね」

と中川淳庵が軽口を叩いた。

廊下に座したおこんは淳庵に会釈《えしやく》し、一同に黙礼した。するとおこんを知らぬ何人かが慌《あわ》てて返礼した。

用事のありそうなおこんに応《こた》えて磐音は、

「杉田先生、中川先生、ご免くだされ」

と言葉を残して座を立った。

「そろそろ花嫁様の到着ね」

「いかにも」

「手伝いの里の女衆《おんなし》が話すのを小耳に挟《はさ》んだのだけど、近頃この界隈《かいわい》に野犬組と称する浪人たちが徒党を組んで横行し、通りがかりの人に因縁をつけて金品をせびっているんですって」

「それはいかんな。織田様のご家来衆が随行なされておられようが、祝いの行列が穢《けが》されてもならぬ。その辺りまで迎えに参ろうか」

おこんが頷《うなず》き、言った。

「私も参ります」

「よかろう」

磐音は継裃の腰に大小を差し落とし、灯りが輝きを増し始めた門を出ようとして、門の内側に柳の若枝が束にして置いてあるのに目がいった。また、なにに使われるのか竹棒が立てかけてあったので、磐音は持参することにした。

手にしてみると木刀と同じ長さだった。

「その辺まで花嫁様を迎えに参る」

磐音は桂川家の奉公人らに断り、おこんを伴って夕霞《ゆうがすみ》の広尾町に出た。

「桂川先生は、御典医の威厳や貫禄《かんろく》などどこにいったのかと思われるほどそわそわして、立ったり座ったり落ち着きがないのよ」

「それだけ桜子様との祝言を待ち望んでこられたからな。おそらく乗り物でこちらに向かわれる桜子様も同じお気持ちであろう」

桂川家の広大な拝領屋敷は駒井小路《こまいこうじ》にあった。桂川家が嫡男の嫁を迎えるならば本来はそちらの屋敷であろう。しかしながら、桂川家ではその拝領屋敷を住まいとしてだけでなく、恵まれない人々のための診療所として使っていた。

病人に昼夜はない。

祝言の最中に怪我《けが》や病で人が運び込まれるやもしれぬ。となると祝言の席から花婿が診療所に駆け付ける羽目になることも考えられた。

そこで国瑞は桜子と話し合い、二人が逢瀬《おうせ》を重ねた麻布広尾町の白梅屋敷に両家の親類と親しき人々を招き、静かで落ち着いた祝言を催すことを考えた。国瑞は実父の国訓を説得し、舅《しゅうと》の宇多右衛門に理解を求め、この白梅屋敷での祝言が叶《かな》ったのだ。

「磐音様もそうなるかしら」

「われらはすでに関前《せきまえ》で仮祝言を挙げておるでな」

「慣れたというの」

「祝言に慣れたと言うのもおかしな具合だが、桂川さんや桜子様より勝手が分かっておる」

と磐音が泰然と言った。

「私は自信ないな」

二人は新春の渋谷川沿いに下っていた。

左岸は旗本御家人屋敷が続き、人の往来も少ない。だが、対岸の白金《しろかね》村では、藪入りで戻った小僧が久しぶりに会った幼馴染《おさななじ》みと散歩などして、夕暮れの空に凧《たこ》を揚げている子供もいた。

流れの上流から西日が射《さ》し込み、明るい茜《あかね》色に染めた。

「あの灯りだわ」

おこんの声に磐音は見た。

渋谷川が新堀川と名を変える光林寺の先の竹藪道に、ちらちらと灯りが見えた。

(何事もなく白梅屋敷に到着しそうかな)

磐音は足を止めた。

「行かないの」

という顔でおこんが磐音を見た。

「無事ならばわれらがでしゃばることもあるまい」

磐音は、織田桜子に随行する家臣の喜びと寂しさの入り混じった複雑な気持ちを斟酌《しんしゃく》した。

「そうね。長年桜子様にお仕えしてこられたご家来衆にとって、最後のご奉公ですものね」

「そういうことじゃ」

足を止めた二人の眼前に、竹藪を抜けた一行の提灯が見えた。さらに挟箱《はさみばこ》を担いだ中間《ちゅうげん》が二人並び、花嫁を乗せた乗り物が続いた。本来ならば、この後に嫁入り道具の長持ちなどが加わるが、それは後々桂川家の江戸屋敷に運び込まれる手《て》筈《はず》である。さすがは長崎で異国の医学を学んだ国瑞と、若い桜子ならではの嫁入り光景であった。

「待った」

という無粋な声が響いて、突然、一行の前にどこからともなく浪人風の男たちが行列を塞《ふさ》ぐように現れた。

「おや、おこんさんの懸念が的中したぞ」

磐音の呟きが長閑《のどか》にも口から洩《も》れ、

「そんなにのんびりしてないで」

深川育ちの地を見せたおこんが磐音に言った。

「輿《こし》入れの目出度き行列とお見受けいたした。われら、安永《あんえい》のご政道に不満を抱き、世のため人のために立ち上がった浪士団、野犬組にござる。活動の浄財を募るために日夜苦労しておる。お見かけしたところなかなかの大家の嫁入りとお察し申す。われらの微衷《びちゅう》を汲《く》み、幕政改革の資金にご協力いただくべくお願い申し上げる」

と薄汚れた黒羽織を着た剣客風の武士が、朗々と強請《ゆすり》の口上を述べた。

乗り物に従っていた織田家の用人浅野代蔵《あさのだいぞう》が、

「われら、因幡鳥取藩家臣織田家のご息女桜子様の嫁入りの行列である。強請集《たか》りは通じぬ。浪人ども、早々に立ち去れ！」

と乗り物のかたわらから、行列を停止させた不逞《ふてい》の浪人どもの前に血相を変えて飛び出た。

「爺《じい》用人どの、怪我をしてもつまらぬ。浄財を望んでおるわれらが高邁《こうまい》なる心魂が分からぬか」

「なにが高邁なる心魂か。下がれ、下がれっ！」

と命ずる浅野に、

「致し方ない。ご理解いただけぬようだ。各々《おのおの》方、乗り物の中の花嫁様のお顔を拝見いたそうか」

と頭《かしら》分が言い放ち、仲間に合図した。

乗り物の扉が引き開けられる気配がした。

そのとき、のんびりとした声が、薄闇《うすやみ》に包まれていく麻布広尾町に流れた。

「今宵は小正月、小僧さん方も待ちに待った日にござる。悪戯《いたずら》はいけませんぞ。また用人どのも申されたように、花嫁様の行列にござるゆえ、道を開けて快くお通しくだされ」

野犬組と自称する浪人らが振り向いた。すると女連れの継裃姿の侍が一人すっ

く と立っていた。手には竹棒を杖のように突いている。

「邪魔立ていたすな。われら、掛け合い中だ」

「花嫁様はそれがしの存じ寄りでしてな、そのような不当な要求を聞き入れられるお家柄とは違い申す。お引き取りくだされ」

「おのれ、こやつから始末せえ」

と頭分が仲間に叫んだ。

「薄汚い野犬組ご一統様に申し上げます」

おこんの声が流れた。

「なにっ！」

「わが君は神保小路《じんぼうこうじ》に道場を構える直心影流《じきしんかげ》尚武館《しょうぶかん》道場の後継佐々木磐音にございます。それでもご一統様はお立ち合いをご所望なさいますか」

「なにっ、尚武館の後継じゃと」

頭分が驚きの声を発し、磐音を見た。

どことなく鷹揚《おうよう》とした風貌《ふうぼう》で、とても江戸随一の勇武を誇る道場の後継とも思えない。

「こいつは騙《かた》りだ。叩き伏せよ」

「井出《いで》先生よ、振袖の女はどうする。勿体《もったい》ないほどの女だぜ」

と仲間の一人がにたにたと笑った。

「汗かき賃に頂戴するか。花嫁ともどもさんざん賞味した後、品川の曖昧宿《あいまいやど》に叩き売るのも手かのう」

「江戸の西も東も知らないすっとこどっこいが。深川六間堀で生まれ育ったおこんさんをなめるんじゃないよ！」

とおこんの伝法《でんぽう》な啖呵《たんか》が飛び、それに呼応するように、磐音の左手に立つ浪人者がいきなり抜き打ちで斬《き》りかかってきた。

おこんがすいっと身を引き、磐音が、
ふわり
と踏み込んだ。

杖のように持たれていた竹棒が気配もなく振り上げられて、踏み込んでくる浪人の腰を叩いた。

うっ
と一瞬にして息を止められた相手が横手に吹き飛び、

「やりやがったな！」

と仲間が磬音を取り囲んだ。

そんな動きをよそに、磬音は路地を吹き抜ける春風のようにそよりそよりと動いて、竹棒が左右に振るわれた後、ばたばたと浪人どもが地面に転がされた。

一瞬の早業で、磬音の息は上がってもいない。

「井出どのと申されたか。ご一統を連れて引き上げなされ」

磬音がにこやかな笑みを井出に向けた。

「うーむっ」

と唸《うな》っていた井出の片手は剣の柄《つか》に置かれていた。いったん鞘《さや》から手が外され、引き上げる体《てい》で、
くるり
と磬音に背を向けた。

「陣中無念流《じんちゆうむねん》井出兵庫介実篤《ひようごのすけさねあつ》を虚仮《こけ》にしおったな!」

と叫び声が洩れた瞬間、井出の体が沈み込んで回転し、鋭くも抜き打ちが放たれて磬音の胴を襲った。

だが、磬音には予測されたことだ。

竹棒が再び弧を描くと井出の肩を強打していた。

ぐしゃっ

という鈍くも骨が砕ける音が響いて、井出が腰砕けにその場に倒れ込んだ。

竹棒の先端が、まだ立っている野犬組の面々をぐるりと指して移動した。

「井出先生方を連れて引き上げよ。またこの地から即刻立ち去らねば、明朝にも江戸町奉行所同道の上、尚武館佐々木道場の門弟一同がそなたらの塒《ねぐら》を襲い申す。その折りは容赦せぬ。覚悟して待たれよ」

磐音が凜然《りんぜん》と宣告すると、倒れた仲間の体を引きずるようにして野犬組の面々が消えた。

「お手間を取らせました。花婿様が待ちくたびれておられましょう。いざ、ご出《しゅっ》立《たつ》を」

と声をかけ、磐音とおこんは、路傍に身を引いた。

停止していた花嫁行列が再び進み始めたが、乗り物が二人のかたわらで停止した。引き戸が薄く開かれ、声だけが聞こえた。

「磐音様、桜子の危難をお救いくだされたのは二度目にございますね。桜子、このとおり礼を申します」

と白い綿帽子を下げた様子があった。

因幡鳥取藩の内紛に絡《から》み、桜子は国表《くにおもて》から若侍に扮《ふん》して密書を上屋敷に届ける内命を受け、新大橋近くの川岸で、待ち受けていた追っ手に取り囲まれる窮地に陥った。

そこへ通りかかったのが坂崎《さかざき》磐音だった。

「桜子様、そのような斟酌、無用に願います。ささっ、白梅屋敷へ参られませ」

「はい」

と引き戸が閉じられかけ、

「おこん様の啖呵、胸がすくようでした。私もあのような啖呵を、一度でいいから切ってみとうございました。今度、国瑞様と夫婦喧嘩《げんか》をしたときに使います。教えてくださいね」

という言葉が笑い声とともに聞こえ、乗り物が動き出した。

「また、はしたないことをしてしまったわ。どうしましょう」

「それがおこんの地ゆえ、致し方あるまい」

こちらはあくまで長閑な言葉が応じて、二人は花嫁行列の後尾に従った。

白梅屋敷の高張提灯の灯りが力を増して門前を照らす中、花嫁行列が到着した。

すると広尾町の里人たちが婚礼の夜に唄われるという雅《みやび》な節回しの、

「花嫁祝い唄」

を唄って迎えた。

仲人の松宮万が花嫁を出迎え、乗り物のかたわらに立った。

引き戸が開けられ、白い鼻緒の草履《ぞうり》が揃《そろ》えられ、花嫁が姿を見せた。

白無垢《しろむく》に白の綿帽子姿の織田桜子が初々しくも清楚《せいそ》に白梅屋敷の門前に浮かび上がり、門前に待ち受けていた桂川家の奉公人や里人たちの間から嘆声が洩れた。

「なんと美しい花嫁様ではないか」

「これで桂川家も万々歳ですな」

そんな出迎えの人々の群れを割って、突然、三河万歳《みかわまんざい》の格好をした男が翁《おきな》の面を被《かぶ》り、両手に柳の若枝を掲げて躍り出てきた。すると里人や奉公人が手拍子で囃《はや》し立てた。

おこんはなにが起こったのか推測もつかず、ただ呆然《ぼうぜん》と眺めていた。

磐音は粥杖かと思ったが、初めて見る風習だった。

「めでたやなめでたやな。正月上元祝いの日に桂川家では嫁迎え。めでたやなめでたやな」

と身振り手振りもおかしく、両手の柳の若枝で白無垢姿の桜子の細い腰を何度か軽く叩いて、桂川家に後継が生まれることを祈禱《きとう》した。

国瑞からそのような風習があることを聞いて承知していたか、端然と粥杖で叩かれる桜子にお万が手を差し伸べ、共に桂川家の門を潜《くぐ》った。

二

桂川国瑞と桜子の祝言は、両家の身内に親類、国瑞の医学、学芸仲間や磐音ら知人など、親しい五十数人が夜を徹してゆるゆると酒を酌《く》み交わし、西洋医学の最新技術から絵画音楽、さらには富本節《とみもとぶし》の二代目豊前太夫《ぶぜんだゆう》の芸までと多彩な話題が尽きず、花婿と花嫁もいつまでもその場にあって、夜明け前に仲人の松宮凌堂に、

「国瑞どの、花婿がいつまでも蘭学の話にうつつをぬかし、祝言の席で談じているようでは、先が思いやられる。花嫁どのが実家に逃げ帰られますぞ。二人してなかよくお退《ひ》きなされ。お万、桜子どののお手を引いて離れに案内《あない》してくれぬか。これでは仲人の役がいつまでも果たせぬわ」

と談じ込まれて、ようやく二人は祝いの席から姿を消した。

二人が去った祝いの席から眺める庭には初春の朝が清々《すがすが》しくも訪れ、屋敷名物

の老白梅が、さながら若い二人の前途を祝すように凜《りん》とした二輪の花を咲かせていた。

「おおっ、古木に新しい花二輪、まるで桂川家の行く末を表しているようじゃな」

と出席の一人が呟き、八十二歳になる桂川甫筑国華《ほちくくにてる》がすっくと立つと、

「千歳万歳とこしえに、若き二人が偕老同穴《かいろうどうけつ》の契りを目出度くも結びて、弥栄《いやさか》に花を咲かせよ、初春の白梅」

と即興の謡《うたい》で舞い納めた。

二代国華は七十九歳まで将軍家の奥医師として働き、安永四年（一七七五）七月二十三日に、

「奥医桂川甫筑国華老衰せしをもて、寄合となり時服《じふく》を賜《たま》ふ」

と『徳川実紀』に記載された人物だ。

「次は佐々木さんとおこんさんの番ですね」

と中川淳庵が言いかけ、磐音が、

「医学から文芸と多彩な知己がおられる桂川家とは異なり、佐々木家は剣術一筋の家系ですので、道場で四斗樽《しとだる》の鏡を割っての武骨な祝言になりそうです」

と苦笑いした。

その言葉に耳を止めたのは国瑞の父、国訓だ。

「佐々木どの、それがしをその席に招いてくださらぬか。このようにあれこれ喋《しゃべ》り合う祝言より、男臭い祝言がよほどよい」

磐音が会釈してなんとなく承知した。すると国華が、

「国訓、そなただけが参る魂胆とは遺憾《いかん》千万である。国訓、国瑞だけではのうて、佐々木どの、この老人も呼んでくだされぬか。時に剣一筋のお家の祝言もよいものだ。花はおこん様一人で十分じゃからのう」

と言い出し、

「父上、未だ佐々木家からお招きもないのに、祝言の場に三代揃うて押しかけては、世間に桂川家はなんと厚かましき一家、良識もないのかと笑われましょうぞ」

「世間がなにを言うても構わぬ。佐々木どの、この国華を呼んでくだされよ」

と念を押されて、

「汗臭い道場での祝言でよろしければ、われらがためにその折りも即興の謡、舞うてくださりませ」

と磐音が願った。

最後に小豆粥が供され、祝言がお開きとなったのは、なんと六つ半（午前七時）の刻限であった。

座敷を出る折り、磐音は中川淳庵から、仙台藩医にして経世家の工藤平助《くどうへいすけ》に紹介された。歳《とし》は四十代の半ばか。祝言の席でも何度も声高に発言していたから、磐音も印象に残る人物だった。

一夜飲んだ祝いの酒に酔ったか顔色が白かった。

「そなたが佐々木玲圓どのの婿どのか。いかさま、不敵な面魂かな」

と笑顔を向けたが、目は笑っていなかった。瞳の奥に冷徹な計算のようなものが見えた。

「工藤様、ご指導のほど願います」

磐音はあっさりと応じた。

「今津屋の奥を仕切られた今小町が花嫁とは、そなた、果報者ですな」

「工藤様、いかにもさようです」

磐音の応答はあくまで長閑だ。

工藤平助が両眼を剝《む》いて見ると、

「佐々木家は確かその昔、徳川に仕えた幕臣と聞いておる。そなたは西国小藩の家老職の嫡男と聞いて得心いたしたが、花嫁は町人の出でもよいのか」

と酔いに体を前後に揺らしながら訊いた。

「ようご承知でございますな」

と磐音が苦笑いし、かたわらにいたおこんの体が緊張に硬くなった。

「工藤先生、佐々木先生はそのようなことにあまり拘泥なさらぬ大らかなお人柄です。また磐音どのも養父の薫陶を受けた人物、なによりおこん様の人柄が素晴らしい。そのようなお気遣いは無用です」

と淳庵が悪酔いした工藤を遠まわしに諫《いさ》めた。

「武士は武士、町人は町人。これは幕藩体制の根幹にござってな」

「ならば申します、工藤先生。おこん様は近々、上様御側御用取次速水左近《お そばご ようとりつぎはやみ さ こん》様の養女となられ、速水こん様として佐々木磐音どののもとへ嫁がれます。工藤先生、文句あらば、老中も遠慮なさるという速水家に談じ込まれよ」

と宣告するように言い放つと、

「さて、参りましょうか。佐々木さん、おこんさん」

と二人を誘《いざな》い、玄関へと向かった。

磐音は深川六間堀町の金兵衛《きんべえ》長屋の木戸口まで、駕籠《かご》に乗せたおこんを送り届けた。

今津屋《いまづや》ではお佐紀《さき》が無事に嫡男となる一太郎《いちたろう》を出産し、おこんはいったん実家の金兵衛のもとへと戻っていた。だが、それもわずかな期間、速水家に養女に出る。むろん今津屋から直《じか》に速水家に養女に入る策もないではないが、お佐紀が、

「おこんさん、最後の親孝行です。速水様のお屋敷には金兵衛さんのところから行かれませ」

と言い出し、吉右衛門《きちえもん》も由蔵《よしぞう》も賛同した。

磐音は桂川家が用意した駕籠の二人に酒手《さかて》を渡して戻した。するとその気配に気付いて、

「おおっ、帰ってきたか」

どてらの金兵衛が相好《そうごう》を崩して娘を迎えに出てきた。それでも照れ屋の父親は娘にはすぐに声をかけず、

「坂崎さん、祝言はどうだったえ」

と磐音に訊いた。

「お父っつぁん、もう坂崎さんじゃないわ。佐々木様よ」

と言うおこんを金兵衛が眩《まぶ》しそうに見て、

「そうだ、そうだったな。だが、おこんよ、そう急に坂崎が佐々木になるわけもねえや。おれたちは坂崎さん、浪人さんで付き合ってきたんだ」

と言い訳し、そんな金兵衛父娘を、磐音がにこにこと笑いながら見守っていた。

「おや、御典医様の祝言は夜通しかえ」

と水飴《みずあめ》売りの五作《ごさく》の女房おたねが顔を出すと、井戸端にいた長屋じゅうの女たちが木戸口にやってきて、一頻《ひとしき》り祝言の話に花を咲かせた。

「ちょっと家に上がっていく」

生まれ育った深川六間堀町に戻ったおこんが町娘の口調で訊いた。

「養父上《ちちうえ》、養母上《ははうえ》も案じておられよう。今津屋に立ち寄り、桂川家の祝言の模様を報告した後、神保小路に戻る。明後日、速水邸に参る折りはそれがしが迎えに出るでな、こちらで待っておられよ」

とおこんに言うと、

「金兵衛どの、本日は失礼いたす。長屋の方々、また二日後に」

と磐音があちらこちらに挨拶《あいさつ》して最後にまたおこんに、

「おこんさん、金兵衛どのと水入らずも残り僅《わず》か。親孝行されるがよい」

と言って、木戸口から六間堀町の河岸道《かしみち》に向かった。すると金兵衛が、

「おこんがまた二日後におれんとこから出ていくとよ。とほほ」

と言うや、
うおっ！

という雷鳴のような泣き声が路地に響きわたった。

「大家さん、なにもあの世に嫁に行くわけでなし、その歳になって赤子のように大泣きする馬鹿がいるか」

「歳のことを言うな。おれの気持ちがおまえらに分かるか」

と応じた金兵衛の泣き声は、路地を出るまで磐音の背に聞こえていた。

磐音は河岸道に出て、ようやく足を緩《ゆる》めた。そして、金兵衛のおこん可愛さの正直な態度を脳裏に浮かべた。

おこんを短い日にち金兵衛のもとに戻したのは、新たな別れの寂しさを募らせる結果になったか。そんなことを考えながら磐音が北に向かって歩き出すと、

「坂崎さん、お出かけですか」

と笑みを浮かべた北尾重政《きたおしげまさ》が立っていた。

浮世絵師の北尾の本名は左助《さすけ》、号を紅翠斎《こうすいさい》あるいは花藍《からん》と称することもあった。

錦絵が少ないゆえに正当な評価を受けることが薄い絵師だが、紅摺《べにず》り絵から黄表紙の挿絵、さらには秘画と、幅広い才能の持ち主だ。

遊女に身を落とした小林奈緒《こばやしなお》こと白鶴《はっかく》太夫の吉原入りの光景を、『雪模様日本堤白鶴乗込』の浮世絵に仕上げて、版元蔦屋重三郎《つたやじゅうざぶろう》方から売り出し、江都《こうと》に名を上げていた。

絵の世界に没頭する浮き世離れの絵師は、磐音の身辺に起こったことを知らなかった。

「北尾どの、お久しぶりですね」

「私には男の面が頭に浮かぶことなんぞないが、坂崎磐音は別格でね。時に夢にまで見ることがある」

「それにしては互いに無沙汰《ぶさた》をしておりました。お変わりはございませぬか」

「相変わらず女の尻を追いかけ、裸にして、絵三昧《ざんまい》の暮らしです」

北尾の場合、色事ではない。あくまで絵で女体をどう表現するか、芸術への傾倒熱中であった。

「それがしのほうは身辺に変わりがありました」

「鰻割《うなぎさ》きを辞められたようですね」

北尾は宮戸川《みやとがわ》に立ち寄ってきたのか、そう言った。

「理由《わけ》を訊かれましたか」

「いや、小僧さんが、今なら浪人さんは長屋だと教えてくれました」

幸吉《こうきち》は、磐音とおこんが金兵衛長屋に戻ったことをどこかで見ていたらしい。

「それがし、姓が変わりました」

「姓が変わった。どういうことですか」

北尾重政がなんとも訝《いぶか》しげな顔をして磐音を見た。

「歩きながら話します」

磐音と北尾は肩を並べて竪川《たて》へと歩き出した。

「それがし、佐々木家に養子に入り、姓が佐々木と変わったのです」

「なにっ、剣術家の後継になられましたか。惜しいな。あなたが一剣術家の器に収まるとも思えないが」

「北尾どの、買い被りです。尚武館佐々木道場を守りきれるかどうか自信がありません」

「謙遜《けんそん》ですか」

「謙遜などではござらぬ。剣術家佐々木玲圓《れいえん》の名と技は、それがしの想像を超えており申す」

「あなたらしい言葉だが心配は要《い》りませんよ。この北尾重政が請《う》け合います」

と笑った北尾が、

「ということは、長屋を出られたのですか」

「はい。神保小路の道場に住まいしております」

「待てよ。今津屋のおこんさんはどうなる」

「おこんさんも今津屋を辞され、親元へ戻っております」

「なら祝言が近いということですか」

首肯《しゅこう》した磐音は、豊後《ぶんご》関前に二人して戻り、彼の地で仮祝言を挙げたことや、おこんが御側衆速水家の養女にいったん入り、武家身分の速水こんとなったところで佐々木磐音との本祝言が行われることなどを話した。

話しながら、北之橋詰の、深川鰻処宮戸川を堀越しにちらりと見たが、昼時分を過ぎたというのに店の前には客が乗ってきた猪牙舟《ちょき》が何艘《そう》も舫《もや》われて、多忙を極めているようだった。

(商売繁盛なによりかな)

と磐音が余計なことまで考えたのは、徹宵した頭が霞がかかったようにぼうっとしているせいか。

「佐々木磬音か。どうもしっくりこんな」

と北尾が不満げな顔で呟いた。

「佐々木に馴染むよう精々頑張ります」

「あなたのことだ。養父どのを超えた剣術家にはなられると思うが、いくら天下一の道場とはいえ、道場主で終わられるとも思えません」

と重ねて言い足した。

磬音が笑みを浮かべた顔を北尾に向けた。

「それも買い被りという気ですか」

「北尾どのはそれがしの心も読めますか」

「外面の美醜をいくら巧みに描ききっても絵師は二流。真の絵師は、裸の女の心底を覗《のぞ》き見て、写しとる気構えと技前ですよ。それがなければ絵師でございとは威張れませんからね」

と北尾が笑った。

「それがし如《ごと》きの心底を見抜くのはいとも容易《たやす》いですか。真の絵師とは怖いものにございますな」

「真の剣術家が怖いと同じようにね」

と真面目《まじめ》な表情に戻った北尾が応じた。

「北尾どの、本日は深川に御用でしたか」

「おおっ、そいつを忘れていた」

北尾が足を止めた。

「近頃吉原で、白鶴太夫のことやら坂崎磐音のことをあれこれと訊き歩いておる者がいるそうです。そんなことを女から聞き知ったので、余計なこととは思ったが知らせに来ました」

「それはかたじけない」

白鶴太夫とはむろん磐音の元許婚《いいなずけ》奈緒のことだ。だが、白鶴太夫は出羽《でわ》山形の紅花商人前田《まえだ》屋内蔵助《やくらのすけ》に身請けされて、遠い地へと旅立っていった。

「武士ですか」

「それが少なくとも三人はいるようで、一人は大名家の奉公人と思える壮年の武家、お店者《たなもの》と得体の知れぬ町人が二人、こいつらも歳は若くはないそうな」

磐音は、

(いったいたれが)

と思いつつも、

（奈緒どのはすでに江戸を離れている）

とそのことを幸運に思った。

「佐々木さん……どうもいけねえや。磐音さんと呼ばせてもらいますが、いいですか」

「一向に構いませぬ」

「磐音さん、野郎どもは白鶴太夫が山形に落籍されたことを知り、がっかりしたようですよ。武家は思わず、山形は譜代《ふだい》の秋元《あきもと》様のご城下かと嘆息し、山形まで行きかねぬ様子であったらしい」

「なんですと。山形の奈緒どののもとに怪しげな連中が参るというのですか」

「どうやらそのようです」

北尾がもたらした話は簡単なものではなさそうだ。

磐音は、豊後関前の関わりで奈緒や磐音の身許《みもと》が調べられるものかと考えた。あるいはなにか別の筋との関わりか。だが、奈緒に関心を寄せる理由が分からなかった。

（どうしたものか）

「私が女たちから聞きかじったことはこんなところです」

「恐縮至極にござる」

「身請けされたとはいえ、一時は吉原で威勢を張った白鶴太夫の身に関わることです。吉原会所《かいしょ》の主《あるじ》に手伝ってもらうのも手ですよ」

と北尾重政が唆《そそのか》すように言った。

そのとき、

「北尾の旦那《だんな》」

と六間堀と竪川の合流部の川面から声がかかった。

「なんだ、六助《ろくすけ》。深川に客を送ってきたか」

「へえっ」

豆絞りの手拭《てぬぐ》いを小粋《こいき》に頭に巻いた船頭が、

「戻り舟だ、乗らねえか」

と誘った。

「頼もう」

と応じた北尾が磬音を誘った。

「今津屋に立ち寄られますか。それとも神保小路ですか」

「いえ、吉原にご一緒します」

磐音は即座に決断していた。

「ならば六助、今戸橋《いまど》だ」

「合点だ」

磐音と北尾は松井橋脇《わき》の石段に寄せられた猪牙舟に乗り込んだ。

三

吉原会所の頭取四郎兵衛《しろべえ》は継裃姿の磐音を見ると、

「佐々木玲圓先生の後継になられたという噂《うわさ》は真《まこと》のようですね」

と笑いかけた。浪人が継裃もあるまいと思ったようだ。

吉原は正月藪入りの十六日、お店から休みを貰《もら》った奉公人らが半年振りの息抜きに訪れて大賑《おおにぎ》わいだ。

「仔細《しさい》ござって、佐々木磐音になりました。本日は御典医桂川国瑞どのの祝言の戻りです」

「宴は夜を徹して行われましたか。ともあれ、私どもにとっては実に心強いお方のご出世にございますよ」

「四郎兵衛どの、これも出世ですか」

「佐々木家はただの町道場主ではございませぬでな。今も城中と緊密な繫《つな》がりを保っておられると睨《にら》んでおります。その道場の後継となれば、磐音様、私どもとさらなる緊密な親交を願い奉ります」

と笑った四郎兵衛が、

「本日はなんぞ御用にございますかな」

と用事を催促した。

磐音は北尾重政がもたらした情報を告げ、

「こちらにもなんぞ話が伝わっているかと思い、参上しました」

「なんと、落籍された白鶴太夫と坂崎磐音様の身辺を探る三人組が吉原を徘徊《はいかい》しておりますか。迂闊《うかつ》にも存じませんでした」

と四郎兵衛が悔しそうな顔をした。

「奈緒どのはすでに出羽の人。急ぐ話とは思えませぬが、四郎兵衛どのらの耳目にとまりましたら、正体など教えていただければ幸いです」

「佐々木様、ただ今のお住まいはどちらですか」

「神保小路の道場敷地内の離れに独りで住まいしております」

「そのうち今小町がお嫁に参られましょう」

磐音は苦笑いして、

「はい」

と素直にも返答した。

「佐々木様、本日は世間では藪入り、吉原では紋日《もんび》に相当する千客万来の込みようでございましてな。とは申せ、なんの慣わしもございませぬ。うちでは鏡餅《かがみもち》を使って雑煮を作り、勝手に送り正月と称して祝います。どうです、会所の雑煮を話の種に食べていかれませんか」

「送り正月ですか。頂戴します」

四郎兵衛が手をぱんぱんと叩き、奥から膳《ぜん》が運ばれてきた。


表戸が閉じられた今津屋の店頭に磐音が姿を見せたのは、もはや八つ半（午後三時）を過ぎた時分だった。

藪入りのため今津屋も休みだが、通用口の戸を押すと開いた。

長身の磐音が頭を下げて戸口を潜ると、手に数本の筆を握った由蔵が、普段以上に広々とした店の板の間に独り立っていた。

「おや、尚武館にすでにお戻りかと考えておりましたが、金兵衛さんに引き止められましたか」

「いえ、六間堀におこんさんを送ってすぐにお暇《いとま》したのですが、絵師の北尾重政どのと出会い、吉原会所を訪ねておりました」

「吉原ですと。なんぞございましたか」

好奇心一杯の顔の由蔵に磐音は小さく頷き返し、北尾の親切から吉原会所での四郎兵衛との問答を掻《か》い摘んで話した。

「なんとのう」

「本日は藪入り、お店も休みと承知しておりますが、桂川家の祝言の模様をご報告かたがた、できることなら赤子のお顔を見て参ろうと立ち寄りました」

「店が休みで奥も長閑なものです。ささっ、案内します」

と由蔵が案内に立つ構えを見せた。

磐音は広い板の間の中央に切り込まれた店の上がりかまちで腰から大刀の備前《びぜん》包平《かねひら》二尺七寸（八十二センチ）を抜き、草履を脱いで板の間へ上がった。

「老分《ろうぶん》どのは遊びに出られないのですか」

「吉原ですか。もはやその元気はございません。日頃無沙汰をしておる知人に文を書こうとしておりましてな、普段使い慣れた筆を取りに店に下りてきたところです」

　長年出入りを許された磐音だが、今津屋がこのように森閑としている光景に接するのは初めてだ。中庭を巡り、回り廊下の店と奥との仕切りを越えたとき、一太郎の上機嫌な笑い声が響いてきた。

「最前、お内儀《ないぎ》様が、私同様もはや藪入りは卒業した女衆のおさんを相手に、一太郎様の湯浴みをされておりました。それで一太郎様が上機嫌なのでございましような」

　と先に歩む由蔵が告げた。

　今津屋の庭にも白梅が咲き始め、馥郁たる香りを辺りに放っていた。

「お内儀様、佐々木磐音様が立ち寄られましたよ」

　と由蔵が声をかけると、

「あら、大変、湯浴みを片付けなければ、散らかり放題だわ」

「お邪魔ならあとにいたしますか」

「お二人が散らかり放題も構わぬとおっしゃるなら、一太郎の上機嫌ぶりを見てくださいな」

と障子が開かれた。

縁側では風がまだ冷たいと思われたか、障子を立て切った居間の畳に油紙を敷き詰め、古布を敷いた上に、湯が使われた盥《たらい》が鎮座していた。

「隣座敷へどうぞ」

と一太郎を両腕に抱いたお佐紀が二人を居間に招いた。どうやら湯浴みをさせられた一太郎はおっぱいを貰い、眠りに就いたようだ。

お佐紀が籐《とう》製の揺り籠《かご》に一太郎を寝かせると、一瞬ぱっちりとした両の瞼《まぶた》を開いた。そして、ゆっくりと瞼を閉じながら笑みを浮かべたように磐音には思えた。

「佐々木様、豊後関前からお送りいただいた南蛮《なんばん》渡りの揺り籠、一太郎は大のお気に入りにございまして、どのようにぐずっていてもこれに寝かせて優しく揺すると機嫌を直します」

「それはようございました」

豊後関前城下で開かれた市で磐音とおこんが見つけ、誕生の祝いに贈ったものだった。

江戸幕府の唯一の異国との窓口長崎とは、豊後街道を通じて数日のうちに情報も物品も流通した。ゆえにこんな珍品も手に入ったのだ。

「一太郎どのは顔立ちがしっかりとして参られましたな。骨格は今津屋どのに、目の辺りはお佐紀どの似でございましょうか」

「旦那様はなにからなにまで自分似だと悦に入っておられます」

「おや、旦那様はお出かけですか」

「老分さん、本日は両替屋組合の新年会とかで、近くの柳橋の一乃矢に出かけられましたよ」

「おお、そうでした。うっかりと見送りにも出ませんで失礼をいたしました」

「本日は藪入り。せいぜい暢気《のんき》に過ごしてください。それでなくとも老分さんの両肩にはずっしりと商いが伸《の》しかかっておりますからね」

「お内儀様、生憎《あいにく》私は商売が道楽でして、休みだとあれこれ考えて疲れます」

一太郎は軽い寝息を立てて眠り込んだ。お佐紀がそのかたわらから離れながら、

「菓子司京極佐方《きょうごくすけかた》の練り菓子がございます。美味《おい》しい宇治でも淹《い》れましょう」

と茶の仕度にかかった。

「どうでしたか、桜子様の花嫁ぶりは」

「お佐紀どの、あのように愛らしい桜子様を見たのは初めてです。なにしろそれ

がし、織田桜子様との最初の出会いは若侍姿でしたから、あの若侍が初々しい花嫁様に変身なさるとは信じられませんでした。それよりなにより桂川さんの嬉《うれ》しそうな様子といったら、厳しくも将軍家のお脈を診《み》られるお方かと思うと、こちらも信じられませんでした」

お佐紀が頷き、

「うちもそうですが、佐々木磐音様とは不思議なお方ですね。人と人、男と女を結び付けられる才をお持ちです」

由蔵が膝《ひざ》をぽんと叩き、

「お内儀様、いかにもさようです。桂川先生と桜子様の真の月下氷人《げっかひょうじん》は坂崎、いや、佐々木磐音様ですな」

「老分さん、今度はご当人が祝言ですね」

いかにもいかにも、という顔で頷いた由蔵が、

「明後日にはおこんさんが速水左近様の養女となり、ひと月後には佐々木磐音様と速水こん様の祝言です」

おこんの速水家への養女縁組は形式に過ぎない。それでも武家作法の仕来りなどを奥方の和子《わこ》から半年にわたり見習うことになっていた。だが、おこんの今津

屋での奥勤めの様子を聞き知り、挙動を確かめた和子が速水に、

「殿様、おこんさんに改めて武家のあれこれを教えることなどございません。さすがに武家と付き合いの多い今津屋の奥を仕切ってきた貫禄と経験は、武家の子女以上にございます。かえって私の見習うところが多うございます」

「そうか、そうであろうな。今津屋といえば先の日光社参を裏で支えた大商人《あきんど》、その奥を捌《さば》いてきたおこんに、今更武家の仕来り云々《うんぬん》もあるまい。わが速水家の養女とはいえ、かたちさえ世間にはっきりさせれば済むことよ。ならば養女にした翌日にでも嫁に出すか」

「おこんさんは犬猫ではございません。それにおこんさんがおいでになることを杢之助《もくのすけ》をはじめ、子らが楽しみにしているのです。せめてひと月なりともおこんさんとわが子らを一緒に暮らさせとうございます。きっと後々役に立ちます」

という会話があった後、佐々木玲圓と話し合いの上、おこんの養女入りの期間はひと月と決まったのだ。そこで磐音とおこんの祝言はひと月後の二月十五日と定まった。

「佐々木様、仲人はお決まりになりましたか」

「養父上が、江戸武術界の最長老、神道無念流《しんどうむねん》の野中権之兵衛《のなかごんのひょうえ》先生ご夫婦にお願

いなされたそうです。野中先生と賢古《かしこ》様はともに七十の古希とか。野中先生ご夫婦のように古希まで末永く生きよとの養父上のお気持ちかと察します」

「桂川家といい佐々木家といい、春先からおめでたいことです」

由蔵は実に満足そうだ。

磐音はお佐紀の淹れた茶を喫し、新春らしい練り菓子を頂戴してお暇することにした。

「旦那様がどうしても佐々木様とおこんさんに受けてほしいと言っていることがございます」

「なんでございましょう」

「おこんさんの速水家の養女入りにございますが、六間堀町の猿子橋までうちで船を仕立てさせてください」

「おお、それは」

磐音が頷き、由蔵が、

「お内儀様、それはようございますな。六間堀町から竪川に出て大川を渡り、両国西広小路の賑わいを水上から見ながら、店の前を通過してどちらまで遡《さかのぼ》りますか」

「昌平橋の船着場です」

「それから先は駕籠ですな」

「旦那様が速水様と話し合いになり、速水家のお乗り物を昌平橋まで迎えに出すそうです」

「なんと、この由蔵の知らぬところでそのような話が纏《まと》まっておりましたか。どうですな。佐々木様」

「おそらくおこんさんも有難く皆様のお気持ちを受けることと思います。明後日、朝五つ（午前八時）それがしがこちらに参ります」

「お内儀様、長年うちに奉公したおこんさんです。うちからたれも出ぬのはちとおかしゅうございませんか」

「旦那様は、老分さんがきっとそう言われるだろうと笑っておられましたよ」

「由蔵の魂胆を旦那様が承知ならば、佐々木様、私も参りますでな」

「お願い申します」

と二人に頭を下げた磐音は、もう一度、揺り籠に眠る一太郎の顔を眺めてから今津屋を辞去した。

まるまる一昼夜道場を開けた磐音が神保小路の尚武館の長屋門を潜ると、すっかり道場の飼い犬然とした白山《はくさん》が毛を逆立たせて道場のほうを見ていた。そのかたわらに野次馬か、着流しの若い町人が覗き込んでいた。

なにか異常な気配が道場に漂っていた。

「白山、道場破りでも姿を見せたか」

磐音は新しく飼い犬になった白山の頭を撫《な》でた。

「おまえ様も門弟かえ。おっそろしく長い大薙刀《おおなぎなた》の四人組の道場破りだよ」

ほう、と応じた磐音が、

「そなたはたれじゃな」

「おれかえ。下谷《したや》広小路北大門町裏の読売屋、楽助《らくすけ》ってもんだ。商売のネタにならねえかと付けてきたら、佐々木道場に入ったんだ」

道場からどやどやと剣術家と思える三人の男たちが現れ、式台上の梁《はり》に掲げられた、

「尚武館」

の扁額《へんがく》を見上げて、

「これならば名薙刀赤柄《あかえ》の南州号《なんしゅうごう》に見合うか」

「よかろう」

と言い合い、再び道場へと姿を消した。

西に傾いた陽《ひ》が玄関先を照らし付けていた。

磐音は、最近とみに尚武館道場を打ち破り、名を上げんとする道場破りとか腕自慢の訪《おとな》いが多いなと思いながら、玄関から道場の廊下に上がった。

「黙って上がってもいいかねえ」

と言いながら読売屋の楽助も従ってきた。

見所《けんぞ》は無人で、稽古《けいこ》着《ぎ》姿の依田《よだ》鐘四郎《かねしろう》や糸居《いとい》三五郎《さんごろう》ら高弟たちが見所下に固まり、何事か話し合っていた。そして、左右の壁際では夕稽古のために控えていた門弟たちが、額を寄せ集めて話し合っていた。

緊迫感がないのは道場破りに慣れているせいだ。

道場のほぼ中央に、赤い陣羽織の武芸者が朱塗りの薙刀をかたわらに置いて控えていた。

「師範、いかがなされました」

鐘四郎を以前のままに呼びかけた磐音の声に、

「若先生が帰られたぞ」

とでぶ軍鶏《しゃも》こと重富利次郎《しげとみとしじろう》が声を上げた。どことなくほっとしたところもないではない。

赤い陣羽織の男がぎょろりとした眼を磐音に向け、磐音のかたわらの楽助が驚きの声を、

「ひゃっ」

と上げ、磐音を見上げた。

「おお、お戻りでしたか。桂川先生と桜子様の祝言はいかがでしたか」

とどことなく落ち着きが出てきた依田鐘四郎が訊いた。

「お二方ともお幸せそうでした。桂川家の四代目はもはや大丈夫です」

と磐音が一頻り祝言の模様をここでも話した。

すると、こつこつと苛立《いらだ》った音が道場に響いた。一同が振り返ると、赤い陣羽織の武芸者が軍扇《ぐんせん》で床を叩いて一同の注意を喚起していた。

「おお、これは失礼しましたな」

鐘四郎が応じ、

「西国の大名家の剣道指南を長年務められておられた、タイ捨《しゃ》流の相良肥後守定《さがらひごのかみさだ》兼《かね》どのと申されるお方です。こたびその技を広めんと奉公を辞し、江戸にて道場

普請を企てておられるとか」

「それはお仲間が増えてなによりです」

磐音がにこにこと笑いながら相良に視線を向けた。

「若先生、これからがちと厄介《やっかい》です。江戸では諸式物価が高うて道場普請もままならぬことが分かったそうです」

「尚武館は改築だけで多額の金子《きんす》が要りましたから、お察し申し上げます」

磐音が相良に頷き返した。

「相良家には代々南北朝期の刀鍛冶《かたなかじ》が鍛造された南州号と称する名薙刀が伝わっているそうで、この薙刀を譲る代わりに千両を所望したいという願いなのです」

「師範、千両などという大金がどこにありましょう」

磐音の言葉に鐘四郎も頷き、

「いくら説明申し上げても納得していただけぬのです。また佐々木玲圓、磐音両先生ともに不在ゆえ出直して参られよと申し上げたのですが、南州号を手放す覚悟の士《さむらい》が出直しなどできようか。玄関の扁額と交換していくとの申し出で、われら、どうしたものかと、ない知恵を絞っていたところです」

どうやら鐘四郎らも珍客の申し出と扱いに困惑していたらしい。

「それはご苦労にございました」

磐音が答え、相良肥後守定兼と自称する赤い陣羽織の武芸者の前に座した。

「お待たせ申しました。それがし、佐々木磐音にございます」

「他出とは虚言と思うたが、真であったか」

「それがしの知己の祝言がございましてな、昨日から麻布広尾町に参っておりました。今春は寒さが一段と厳しゅうございますが、祝言の場の白梅屋敷には早咲きの梅が数輪咲いておりましてな、なかなかの景色にございました」

「黙れ黙れ。武芸者の真剣なる掛け合いを、そのほうら茶化す気か」

「いえ、そのような気は全くございませぬ」

「もはやそれがしの堪忍袋の緒も切れた。尋常の勝負をいたせ」

相良定兼は赤い陣羽織を脱ぎ捨てた。

「困りましたな。本日は町方では藪入り、いずこも奉公人が待ち望んだ嬉しい日にございます。面倒な話は、願い下げにしていただきたい」

「承服できかねる。そのほうが佐々木道場の後継とあらば、尋常の勝負の後、扁額を頂戴して参る」

と立ち上がった。

「致し方ございませぬ」

と答える磐音に鐘四郎が、

「若先生直々に相手をなさる輩《やから》ではございませぬ。まずわれらが立ち合います」

「江戸で道場を開きたいと披瀝《ひれき》なされたお方に粗略な扱いもできますまい。それがしがお相手申す」

磐音がすっくと立ち上がった。

その瞬間、長閑な表情が一変していた。

四

磐音は継裃の両肩を脱ぎ、前帯に挟み込んだ。

南州号という大薙刀を立てた相良定兼は、木刀の磐音と相対することになった。

そもそも丸目蔵人佐長恵《まるめくらんどのすけちようけい》創始のタイ捨流は、剣、槍、薙刀、居合い、手裏剣と武芸百般を伝授した。ゆえに相良が薙刀の遣い手であったとしてもおかしくはない。

「相良どの、そなたの門弟衆も薙刀を持参しておられる。ご一緒にいかがですか」

磐音が誘いかけた。

「拙者だけでは相手に不足と申すか」

「まあ、そうです」

磐音にしては珍しい返答だった。このところ尚武館佐々木道場を破って名を上げたいという連中が増えていた。相良主従には悪いが、一計を案じていた。

「大言壮語、許さぬ」

相良が髭面《ひげづら》を真っ赤に染めて喚《わめ》き、門弟三人も黒柄の薙刀の鞘を払って構えた。

「読売屋の楽助どの」

「へえっ」

と道場の隅から答えた楽助が、

「まさか佐々木の若先生とは気付かなかったんだ。おれ、今津屋の用心棒をしていたときのおまえ様を承知だぜ」

「話が早い。勝負の行方をよう確かめよ」

「読売のネタにしていいんですかい」

「尚武館道場を生半可な気持ちで訪れるとどうなるか、そなたの目で見てしかと書くがよい」

「合点だ」

「言わせておけば」

身丈五尺七寸余、がっちりとした体格の相良が地団駄を踏んで憤った。相良は朱塗りの南州号を小脇に抱えると鞘を門弟の一人の前に突き出し、厳《おごそ》かにも払った。

反《そ》りの強い大薙刀は豪快な造りで、刃渡り三尺七、八寸ほどか。それに四尺余の朱塗りの柄が下げられ、相良が握る柄の二箇所には籐《とう》が巻いてある。使い込んだ証拠《あかし》に手膏《てあぶら》が染みていた。

三人の門弟の黒柄の薙刀は総身六尺六、七寸余だ。

磐音は木刀を正眼《せいがん》に構え、

「参られよ」

と誘いかけた。

相良定兼の左右に三人の門弟が二人と一人に分かれて位置した。相良は南州号を磐音へ突き出すように刃を流して構えると、全身に力を込めた。相良の筋肉が見る見る鋼鉄のように固く締まり、

「はあっ」

と気合いを吐くと朱塗りの大薙刀を頭上に持ち上げ、片手で回転させ始めた。

ぶるんぶるん
と尚武館の気が震え、それまで高を括《くく》って成り行きを見詰めていた佐々木道場の門弟らが、

「うっ、これは」

と相良の強力と技に目を凝らし、緊張した。

大薙刀南州号の刃が半径八尺余の円を描き、速度を上げた。同時に三人の弟子が黒柄の薙刀を下段や中、上段に構えて磐音を牽制《けんせい》した。

磐音は正面の相良定兼の動きを七分、門人三人の構えを三分に注意しつつ、変化を待ち受けていた。

舞は、動きと動きの間、遊びによって名手か凡手かに分かれるという。

武術も一緒だ。技と技の間の使いようが、達人とそうでない者とに分けた。

相良の旋回する南州号は今や白い光になって磐音との間合いを詰めてきた。だが尚武館道場は広々として、磐音が後退する余地を十二分に残していた。

だが、磐音は微動だにしない。

反りの強い刃先が磐音の眼前に迫った。

次に踏み込まれたとき、磐音の使い込んだ木刀すら両断する勢いだった。

磐音は静かに間を待ち受けていた。

「はっつ！」

相良の口から気合いが洩れた。

磐音が、
そよ
と左前方に飛んだのはその瞬間だ。

二人の門人は黒柄の薙刀を下段に構え、もう一人は上段に構えていたが、磐音の動きにつられて薙刀に力を入れた。その気配が感じられるほどの動作だった。

薙刀の刃が動き出した瞬間、一人の薙刀の柄が叩き折られ、もう一人は肩口を強打されてその場に転がされていた。

相良定兼が、正面からいなくなった磐音に再び神経を集中させつつ体の向きを変えたとき、南州号の回転がわずかにぶれた。

磐音は動きと動きの間にぎくしゃくしたものを感じ取った。

薙刀の回転に合わせ、
するり

と相良の薙刀の内懐《うちふところ》に飛び込んだ磐音の木刀が、相良の頑丈な腰を強襲し、よろめく相良の大薙刀の柄を叩いていた。

相良の手から柄が真っ二つに折れた大薙刀が飛び、体が横手に吹っ飛んで倒れた。

残るは一人だ。

起こったことが分からぬ体で茫然《ぼうぜん》自失している。

「相良どのは当分薙刀を振るえまい。相良どのとお仲間を連れて引き上げられよ」

「はっ、はい」

磐音の木刀が叩いたのは相良と門人一人だ。その二人を残りの二人が介添えして、這《ほ》う這《ほ》うの体で道場から消えた。叩き折られた大薙刀の南州号と黒柄の薙刀が道場の床に残されていた。

道場は一瞬の勝負に言葉を失っていた。

「大先生」

と利次郎が佐々木玲圓の姿に気付き、磐音も養父に会釈を送った。

玲圓がつかつかと道場に進み、叩き折られた南州号の刃を手に取り、しばし見入った。

「養父上、なかなかの業物《わざもの》と見ましたが」

「南北朝の頃、山城《やましろ》辺りの刀鍛冶が鍛造した大業物に間違いあるまい。ただ今薙刀を購《あがな》われる武家は少なかろうし、武具商でも扱うまい。だが、購うとなれば何百両の値であろう」

「それほどの名刀ですか」

「見よ」

と玲圓が磐音に、柄が七寸ばかり残った刃を見せた。

刀と違い、反り強く身幅厚く、豪壮の一語に尽きる鍛造だ。

「どうしたもので」

と磐音が玲圓に始末を訊いた。

玲圓が道場の隅から成り行きを見守る読売屋の楽助を手招きした。楽助はいきなり佐々木玲圓に手招きされ、

「いえね、大先生が駄目だと申されれば、これっぽっちも読売にはしませんぜ。おれは若先生の許しで道場に上がっただけですから」

と顔の前で手を横にひらひらさせると尻込みした。

「なんぞ注文をつける気はない、参れ」

「大先生、おれがうっかり歩み寄ったところを、これ、楽助、首は貰ったなんぞと抜き打ちにしないでくだせえよ」

「そなたの首を刎《は》ねてどうする。倅《せがれ》どのが約定《やくじょう》したことだ。精々腕を振るえ」

「えっ、書いていいんで」

楽助が道場の隅から道場主の父子の前に飛んできた。

依田鐘四郎ら門弟もなんとなく玲圓と磐音を囲んだ。

「依田、新年になって道場破りは何件に相成る」

「新春早々、大聖寺《だいしょうじ》藩元家臣の高瀬少将輔《たかせしょうしょうのすけ》をはじめ、本日の相良どので五件です。このところ三日に上げずの道場破り、それだけ尚武館の武名が高くなったということでしょうか」

玲圓が首を捻《ひね》り、磐音を見た。

「これらの道場破りに、なんぞ共通の背景があるかないか」

「なんとも断定し難いな」

と玲圓が応じ、

「そなたも、そのことがあるゆえ、あのような立ち合いをなしたのであろう」

「はい」

「楽助と申すか。尚武館では少々道場破りに辟易《へきえき》しておる。以後、道場破りを志す者は命懸けで参上するよう読売に告知してくれぬか」

「大先生、合点だ。相良肥後守定兼って薙刀遣いと若先生との勝負も書いていいかえ」

「構わぬ。それとな、置き忘れし大薙刀南州号、返すによって取りに参れ、と付け加えよ」

「正月以来の五件の道場破りの模様を、たれぞ話してくれませんかえ」

と楽助はすでに敏腕ぶりを発揮して読売屋の仕事を始めていた。

「読売屋、それがしが話して進ぜよう」

と利次郎が楽助の仕事の協力を名乗り出た。

玲圓と磐音は道場を下がった。

「養父上、いささかお話が」

「わしにもある。そなた、昨夜《ゆうべ》からの祝言の続きのようだな。湯が立っておるそうな。まず汗を流してから母屋に参れ」

「養父上は」

「そなたのように徹宵ではなし、道場で木刀も振るっておらぬわ」

「ならばお先に湯を頂戴します」

玲圓が母屋に戻り、磐音は離れ屋に入ると、継裃を脱ぎ捨て丁寧《ていねい》に畳んだ。普段着に替えると母屋に向かった。すると老爺が白山の餌《えさ》の丼《どんぶり》を抱えて戸口から出てきた。

「若先生、湯がいい加減ですよ」

「養父上より先に頂戴する。ちと恐縮じゃが汗臭いのも非礼であろうゆえな」

と断ると台所に入った。女衆が住み込み門弟の夕餉《ゆうげ》の仕度をしていた。

「若先生、お帰りなされ」

と飯炊き婆《ばあ》さんが挨拶するのに返礼した磐音は湯殿に行った。

格子戸《こうしど》から夕陽が射し込んで、湯がきらきらと光っていた。

磐音は湯を体にかけると、昨夜来の酒気と汗を糠袋《ぬかぶくろ》で丁寧に洗い流した。その後、新湯にたっぷりと身を沈めた。

「ふうっ」

と大きな息を吐きながら、

（桂川国瑞どの、桜子様、お幸せになってくだされ）

と改めて胸の中《うち》で念じた。

玲圓とおえいは、磐音の夕餉の膳を用意して待っていた。

「養父上養母上、夜を徹しての祝言とは申せ、戻りが遅くなりまして申し訳ございませぬ」

「祝言の後、若い方々とどちらかに参られましたか」

おえいが訊いた。

「いえ、祝言は朝方滞りなく済みましてございます。その後、おこんさんを金兵衛長屋に送り届けたのち、いささか予定を変えねばならぬ仕儀が生じました」

と絵師北尾重政の知らせに吉原に行き、吉原会所の頭取四郎兵衛と会ったこと、次いで、今津屋に立ち寄ってきたことなどを話した。

「そうでしたか、今津屋の跡取りは元気でお育ちでしたか」

「顔立ちもはっきりして手足もしっかりとして見えました」

「なによりです。大事な今津屋様の跡取りですものな」

玲圓は二人の会話をよそに何事か考えていた。

おえいが火鉢で燗《かん》を付けた銚釐《ちろり》を手に、玲圓に、と言うと、玲圓は無言で膳の酒器を取り、差し出した。

おえいは磐音にも酌をした。

玲圓がその場に意識を戻し、盃を上げると、磐音も、

「頂戴します」

と応じた。

「磐音、ちと異なことよのう」

「吉原での一件にございますか」

「いかにも。そなたと奈緒どののことを調べるに吉原を訪ねたとは。そして、そなたを旧姓の坂崎磐音、また奈緒どのを小林奈緒として身辺を探ることと合わせ、豊後関前の関わりか」

「その辺がはっきりといたしませぬ。ですが、関前藩江戸屋敷であれば、それがしが坂崎家から佐々木家に養子に入ったことは家臣の大半が承知のことにございます」

「であろうな」

おえいが、

「おまえ様」

「おまえ様方で願います」

と言い残すとその場を去った。

おえいには女衆を指揮して、利次郎ら住み込み門弟の夕餉の仕度を監督する仕事が残されていたのだ。

「それと新春から立て続けに起こる道場破りといい、なんぞ意図された動きがあるやもしれぬのう」

「それがしを探る吉原の三人組となにか関わりがあるとおっしゃられますか」

「なんともいえぬ」

「最前の相良どのらの住処《すみか》を突き止めるべきでした」

「いや、われらが仕掛けたことではないわ。先方の動きがはっきりしてのち、こちらの対応を考えようか」

「畏《かしこ》まりました」

と答えた磐音は、

「養父上のお話はどのようなものでございますか」

「本日、下谷車坂に野中権之兵衛様の道場を訪ね、そなたらの祝言のことなどを打ち合わせて参った」

「養父上は祝言のことで他出なされておりましたか。ご足労をおかけいたしました」

「野中老先生と刀自《とじ》はな、もはや仲人など務めることはあるまいと思うておったところに佐々木玲圓の後継夫婦の月下氷人を頼まれ、これで安心してあの世に行けると、冗談を装い申されてな、殊《こと》のほかのお喜びようであった」

「なんとも恐縮至極にございます」

「祝言だが、佐々木家はもはや直参《じきさん》旗本ではない。一町道場主にすぎぬ。かように世相が厳しい折りでもあり質素を旨に式を挙げたいと申し、野中先生の賛同を得た」

「同感にございます」

「野中先生の帰り、表猿楽町《おもてさるがくちょう》に速水様をお訪ねした」

「なんと速水家まで訪《おとな》われましたか」

磐音は、用とはいえ吉原から今津屋へと立ち寄っていた己が恥ずかしくなった。

「正客様を選ぶには速水様のお考えを参考にしようと思ったのだ」

「速水様のお考えはいかがにございました」

「祝言質素なこと、ご承知いただいた。だがな、佐々木家の数多《あまた》の門弟衆、そなたが後見を務める今津屋、また旧藩豊後関前のことなどを考えると、招く客もそれなりに数があがろうということになった。あれもこれもと言い出せば三百では済むまいとの速水様のお言葉じゃ」

「門弟衆だけでも二百人は超えます」

「速水様はそれでも内輪と申された」

「そういえば、桂川家の祝言の席で国瑞どのの祖父、二代目桂川甫筑国華様、それに厳父の甫三国訓様と、三代揃うて式に出るゆえお招きあれとのことにございました」

「御典医の桂川家三代が顔を揃えられるか。そなたはこの玲圓より顔が広いでな。大変な数に及びそうじゃな。なんぞ知恵を絞らねばなるまい」

「祝言の場はこの母屋にございますな」

「三座敷をぶちぬいてもせいぜい四、五十人かのう」

「それが限度かと思います」

「門弟らも師範だけを出すわけにも参るまい」

「養父上、祝言の儀式はこの場にて限られた人数で質素に行い、三々九度の盃《さかずき》事《ごと》に止《とど》める。酒、料理はこの場で出しませぬ」

「あとはどうする」

「佐々木家は武門の家柄。ちと武骨やもしれませぬが、具足開きのように道場で菰樽《こも》をいくつも据えて、スルメ、昆布、勝栗《かちぐり》などで祝い酒を楽しみ、お帰りの際に料理屋で誂《あつら》えた折り詰め弁当を持ち帰っていただく、あるいは菜が足りぬ方はお弁当を開けて召しあがっていただく、ということではなりませぬか」

「わしもそのようなことを考えておった。それしか手はあるまい」

「それならば門弟衆も全員が祝いの場に参列できます」

「よし」

と玲圓が肚《はら》を固め、

「磐音、そなたのほうの招き客の名を早々に列記いたせ」

「畏まりました」

「また豊後関前、今津屋、おこんの関わりもそれぞれに問い合わせて決めよ」

「承知いたしました」

磐音は今夜も早々には床に就けそうにないなと思いながら、養父に夕餉を食してよいかと断った。

第二章 偽銀遣い

一

磐音は夜明け前、道場に入った。

新春の候、闇《やみ》が一番深い刻限だった。

昨夜《ゆうべ》、就寝したのが四つ（午後十時）過ぎ、白山の吠《ほ》える声を聞きながら、すとんと眠りに落ちた。目覚めたのは八つ半（午前三時）と思える刻限で、熟睡したせいか心身ともに生き返った気持ちで道場に出た。

神棚に向かい、しばし瞑想《めいそう》して座禅を組んだ。立ち上がったとき、磐音の五体には鋭気が満ちていた。

腰帯に包平《かねひら》を差し落とすと、ゆったりとした抜き打ちから稽古《けいこ》を始めた。一心不乱というのではない。時の流れに心と体を委《ゆだ》ね、流れに逆らうことなく包平を鞘走《さやばし》らせ、鞘に納めた。

ふとだれかに見られている予感がした。だが、磐音は動きを止めなかった。突如磐音の世界に入り込んできた人物を探ろうと、五感を研ぎ澄ました。

広々とした闇の一角にその人物はいた。

こちらの気配に気付いたか、もぞもぞと動いた。すると、かすかに煙草《たばこ》の匂《にお》いが漂ってきた。

(この者、昨夜来道場に忍んでいたのやもしれぬ)

眠りに落ちたとき、白山の吠え声を聞いた。だが、白山の吠え声に敵意や警戒心は薄かったように思えた。

(どなたですか)

磐音は闇に潜《ひそ》む人物に無音で問うた。

(備中《びっちゅう》国 橘 右馬介忠世《たちばなうまのすけただよ》でござる)

磐音の胸に響いた声は老いていた。齢《よわい》六十、いや、七十といわれても不思議ではないほどのしわがれ声に、経てきた歳月の重さを忍ばせていた。

(なんぞ御用にございますか)

「ふうっ」

と息が吐かれ、
ふわり
と闇の虚空の一角が揺れたと思ったら、音もなく道場の床に橘老人が降り立っていた。

磐音は包平を鞘に納め、妖気《ようき》を漂わす影と向き合った。

時が進み、濃い闇にわずかに朝の気配が滲《にじ》んでいた。

微光の中で影を確かめた。

身の丈五尺三寸余。四肢《しし》はしなやかにも鋼鉄の筋肉が覆い、羽織はなしに裁《た》っ着《つ》け袴《ばかま》に武者草鞋《むしゃわらじ》をしっかりと履き、古びた陣笠《じんがさ》を被っていた。

腰の剣は大小がほぼ同寸だ。

「尚武館は江都一の剣道場じゃそうな。どの程度のものかと知りとうて参上した」

肉声へと変わった。磐音が心の耳で聞いたと同じしわがれ声だ。妖気が薄れ、豪胆な武芸者の貌《かお》が表に出た。

「徹宵なされましたか」

「気配を消したつもりが、最後の最後で見透かされたようだな」

「煙草がお好きですか」

「なるべく我慢しておる。できることなら煙管《きせる》を口に、紫煙をくゆらせながらあの世に旅立ちたいと思うておる」

「ささやかな願いかと存じます。生死は等しく人が迎える決まりごと、それに際してお望みがおありとは羨《うらや》ましい」

「そなたの歳では分かるまいのう。ささやかな望みが意外に難しいことにな」

「さようでしょうか」

と答えた磐音はしばし沈黙して問うた。

「このところ尚武館に道場破りの方々が次々と参られます。橘様もそのお一人ですか」

「他者は知らず。じゃが、推察はつく。おそらくそれがしと同様、義理か金子で頼まれた輩であろう」

「橘様はなにを頼まれました」

「尚武館道場潰《つぶ》し」

橘右馬介の答えは明確だった。

「ほう、たれぞが邪魔に思うておられますか」

「そのようなところかのう。それにしてもわしとしたことが訝しいわ」

「訝しいとは」

「この十数年、絶えて久しい問答を交わすことになったかと、己がおかしいわ」

「それがしと交わされた問答は十数年ぶりと申されますか。なぜでございましょう」

「佐々木玲圓どのがそなたを後継に選んだ理由をな、悟らされたゆえであろう。どうやらわしが彼岸に旅立つ折り、そなたと共に向かうことになりそうな」

磐音が忍びやかに笑い、

「おかしいか」

「これは失礼しました。それがし、橘様のように未だ達観の域に届かず、凡俗の幸せを追い求めておりますゆえ、橘様とご一緒は無理かと存じます」

敷地内の長屋で住み込み門弟らが起きた気配があった。

「祝言を控えておるそうな」

「はい」

「気の毒にのう。後家が一人できる」

その言葉を最後に、橘は薄闇に溶け込むように姿を没した。

磐音は見所《けんぞ》のほうを振り返った。すると玲圓が静かに見所に入ってきた。

「どなたか道場を訪れておられたようだな」

「昨夜来、道場の闇に潜んでおられた方にございます。備中は、橘右馬介忠世と申される老武芸者にございました」

「なんと、橘右馬介どのが存命であったか」

「養父上《ちちうえ》はご存じにございましたか」

「三十数年前まで西国筋では知られた剣客であった。宮本武蔵玄信様の二天一流《にてんいち》を修行すること二十年の剣術家でな、その後、独創の剣を求めて因州大山《いんしゅうだいせん》に籠《こも》られたと聞いたことがある」

「十数年、口を開いておらぬと申されました」

首肯した玲圓が、

「それにしても、尚武館に何用あって参られたな」

「たれぞに頼まれての尚武館潰しと答えられました」

「恐ろしき人物が姿を見せたものよ」

「私も、これまで出会うたことがないほどの力を秘めた剣客と感じました。やはり橘右馬介様は養父上にさほどの言葉を吐かせる人物ですか」

「橘どのの履歴、古い剣人しか知るまい。世に伝えられる五番勝負あり。それは」

と玲圓が答えたとき、でぶ軍鶏こと重富利次郎ら住み込み門弟らがどやどやと掃除の道具を手に道場に入ってきた。

「大先生、若先生、おはようございます」

玲圓と磐音は門弟に挨拶を返した。

「磐音、後で伝える」

「畏まりました」

玲圓は神棚の榊《さかき》の水を自ら替えるために器に手を差し伸べ、磐音は、

「利次郎どの、それがしにも雑巾《ぞうきん》を貸してくれぬか」

と言いながら腰の包平を鞘ごと抜いた。もはや口調も態度も平静に戻っていた。

直心影流尚武館佐々木玲圓道場にいつもの日課が戻ってきた。

磐音も一緒になり、住み込み門弟が道場の端に一列横隊に屈《かが》み、競争するように一気に床を拭《ふ》き上げるのだ。拭き掃除が終わると神棚の前に正座し、しばし瞑想して気息を鎮め、心平らにして稽古に臨む。

その刻限には通いの門弟らも姿を見せて、緊迫の中にも賑《にぎ》やかないつもの稽古が始まる。

「若先生、ご指導お願いします」

と利次郎が真っ先に磐音のもとに飛んできた。最初から狙《ねら》っていたような行動だ。

「利次郎、素早いな」

もはや入門時のでぶっとした体付きとは一変し、五体に筋肉がついて引き締まっていた。尚武館道場での連日の猛稽古の賜物《たまもの》でもあったが、利次郎を刺激したのは入門の折りからの競争相手、痩《や》せ軍鶏こと松平辰平《まつだいらたつぺい》が、武者修行のため西国の藩道場を中心に廻っている一事だった。

辰平は磐音とおこんの豊後関前帰郷に同道し、その後、勇躍独りでの武者修行に出立したのだ。

(辰平に後《おく》れをとりたくない)

この一念が利次郎を稽古の虫にしていた。屋敷にも帰らず盆暮れ正月もなく、稽古三昧の日々だ。それが動きを、顔付きを変えていた。

「参られよ」

竹刀《しない》を相正眼《あいせいがん》に構えた二人だったが、静の瞬間はそのときだけ、利次郎の火を吐くような打ち込みが磐音を襲い続けた。磐音は丹念に受けて、次に攻撃すべきところを無言の裡《うち》に指し示し、体の崩れがあれば容赦なく竹刀で指摘した。

もはや利次郎は、言葉がなくても磐音の意とするところをおよそ理解するまでに上達していた。

四半刻《しはんとき》（三十分）、利次郎の息が上がったところで磐音は、

すいっ

と竹刀を構えたままに身を引いた。

「ご指導ありがとうございました」

利次郎が下がったと思ったら梶原正次郎《かじわらまさじろう》が、

「若先生、一手ご指南を」

と相手を願った。

磐音にとってこんな刻限が一番充実し、至福の時といえた。ただ無念無想の裡に剣に稽古に没入できる、それだけで満足だった。

七つ半（午前五時）前から始まった稽古は休みなく、四つから四つ半（午前十時〜十一時）までも続いた。

磐音の相手は替わったが、道場の後継は磐音ただ一人だ。休むことはない。

いつの間にか早朝の門弟と顔ぶれが変わり、そして、いつもの住み込み門弟らだけになったとき、朝稽古は終わった。

玲圓がいつ母屋に引き上げたか、磐音は知らなかった。

「若先生、ご苦労でしたな」

と利次郎らが、磐音や婿入り後も暇さえあれば道場に通ってくる元住み込み師範の依田鐘四郎らに淹れ立ての茶を運んできた。この一服の茶は、喉《のど》がからからに渇いた磐音らには甘くも美味に感じられた。

「馳走《ちそう》になる」

汗を出し切った門弟たちが道場で車座になって茶を喫する、冬から春にかけての楽しみだった。

「依田様、昨夜はいつ屋敷に戻られました」

「六つ半（午後七時）であったかな」

「道中何事もなく」

「若先生、われら汗臭い連中ががやがやと道を行くのです。何事がありましょうや」

と応じた鐘四郎が、

「度重なる道場破りに、事を案じておられますか」

頷いた磐音は、

「師範、用心に越したことはございませぬ」

鐘四郎は以心伝心で磐音の危惧《きぐ》を受け止め、

「門弟には、帰りなどは一人になるなと申し伝えます」

と応じた。

磐音は、利次郎ら若い門弟らを殊更刺激することもまた心配させることもないと考え、その場では橘右馬介の来訪のことを告げなかった。

「師範、西の丸へのご出仕は慣れましたか」

「ようやく段取りやら仕来りが分かったところでしてな、西の丸出仕から屋敷に戻るとくたくたに疲れてぐったりとします。道場稽古の疲れと異なり、爽快感《そうかいかん》はございませんな」

と鐘四郎が苦笑した。

依田鐘四郎が西の丸の家基の近くに仕えたことは、磐音らにとってなんとも心強いことであった。次の将軍家を約束された家基の成長は、磐音らの強い願い、望みであったのだ。そのことを、家基の日光社参に極秘に同道した佐々木玲圓も磐音も承知していた。

「本日、出仕は」

「休みです」

「ならば養母上《ははうえ》に願うて師範の分の膳を用意してもらいます。共に朝餉《あさげ》を食しませぬか」

鐘四郎が承知した。

玲圓はすでに朝餉を食し終えていた。そこで磐音と鐘四郎は二人だけで、玲圓が書き物をするかたわらに膳を並べた。

「若先生、なんぞご懸念がございますか」

鐘四郎はただ朝餉に誘われたのではないことを察していた。

「師範、昨夜来、道場に一人の人物が潜んでおりました」

「なんですと、道場に潜んでなにをしようというのです」

磐音は闇に姿を没させていた老剣術家の正体と会話を告げた。

「二天一流橘右馬介忠世ですか。聞いたこともございません」

鐘四郎が呟き、筆を手に思案するように書き付けに目を落としていた玲圓が、

「鐘四郎の歳でもその名は知るまい。西国では知られた武人だが、この十数年、名を聞いたことがなかった」

「大先生、橘様を偽称する輩ではございませぬか」

玲圓が首を横に振り、磐音が、

「師範、あの妖気と豪胆を発する人物ならば、なにも橘右馬介様を偽称することもございますまい。齢《よわい》は七十前後、養父上が知る人物であっても不思議はございません」

「一晩徹宵して尚武館に潜伏していたのは、その事実を若先生に告げる狙いがあってのことですか」

「まずはこちらの力を知るために潜んでおったが、磐音に気付かれしゆえ、本心を明かしたと思える」

「大先生、それだけに橘様は自信があると感じられたのでしょうか」

鐘四郎の声が緊張に強張《こわば》り、玲圓が重々しく頷いた。

しばし座を沈黙が支配した。

「師範、養父上の仰《おつしや》るとおりですが、今更こちらが慌てても詮無《せんな》いことです。今

朝のご挨拶に続いて橘様は、次の機会に戦いを挑んでこられましょう。そのとき、狼狽《ろうばい》せぬ覚悟だけは互いにつけておきましょう」

「いかにもさようです」

と鐘四郎が頷き、

「難題はどなたが尚武館潰しを策しておられるかです」

と視線を玲圓に向けた。だが、玲圓はそれには答えず、

「それがしが記憶しておる橘右馬介どのの五番勝負の書き付けだ。すべて風聞伝聞ゆえ事実といささか異なっていようが」

と最前確かめていた紙片を磐音に差し出した。

磐音は玲圓が昔の記憶を手繰《たぐ》って筆記していたかと思いながら、

「拝見いたします」

と受け取った。

磐音と鐘四郎は紙片に目を落とした。

寛保《かんぽう》二年（一七四二）夏、摂津《せっつ》大坂にて同門二天一流の先輩乙部《おとべ》鬼中《きちゅう》と対決、左胴斬りにて勝利。

延享《えんきょう》四年（一七四七）、肥後熊本《ひごくまもと》城下にて薩摩示現《さつまじげん》流一門と対決、十数人を死傷させて逃走。

寛延《かんえん》元年（一七四八）暮れ、安芸《あき》広島藩宮島にて東軍《とうぐん》流達人富田輪之助《とみたりんのすけ》と対決、右胴斬りにて勝ちを収める。

時節不明、尾張《おわり》名古屋城下にて尾張柳生《やぎゅう》一門と対決、三人を斃《たお》し多数の怪我人《けがにん》を出して逃走。橘自身も左脛《すね》、左腕に負傷す。

時節不明、山城京の鴨《かも》の河原にて讃岐《さぬき》の剣術家猪俣綾足《いのまたあやたり》、同門弟と対決、五人を斃して逃走。

鐘四郎が紙片を何度も確かめ、

「ふうっ」

と息を吐いた。

「大先生、相手のどなたもが名の知れた武術家にございますな」

「古い記憶を引き出したゆえ、間違いもあろう。侮る相手ではない、鐘四郎」

と玲圓は鐘四郎の名を引き合いに出したが、磐音は自らに向けられた言葉と理解し、大きく首肯した。

磐音は玲圓の筆跡の紙片を折り畳むと懐《ふところ》に仕舞った。

「師範、味噌《みそ》汁《しる》が冷めました。養母上に温め直してもらいます」

と言うと鐘四郎と自らの椀《わん》を持ち、台所に向かった。鐘四郎が止める暇もないほど磐音の動きは自然だった。

「大先生、来月の若先生とおこんさんの祝言までに、なんとしても決着を付けたいものですね」

「鐘四郎、そう容易《たやす》くはいくまい」

「祝言を延ばすと仰いますので」

「いや、祝言に拘《かかわ》らず行事はすべて普段どおりといたす。相手にいささかの動揺があるなどと勘繰られても敵《かな》わぬでな」

「いかにも」

「橘右馬介どのの目指す相手は、尚武館道場でもなくば佐々木玲圓でもあるまい。佐々木磐音ただ一人と見た」

「裏で指図した人物が若先生を名指ししたとお考えですか」

「はて、そこが判然とせぬ」

と玲圓が答えたところに、温め直した椀を二つ盆に載せて磐音が姿を見せ、

「師範、お待たせいたしました」

と言うと盆を鐘四郎に差し出した。そして、短冊切りの大根と油揚げが具の味噌汁を一口飲んだ磐音の口から、

「ああ、大根の甘いことよ」

という嘆息が洩れた。

二

磐音は昼兼用の朝餉を食した後、一人尚武館の門を出た。白山が尻尾《しっぽ》を振って磐音を見送ってくれた。
「白山、しっかりと門番の役を務めよ」
磐音の言葉が分かったか、
うおーん
と甘えるように鳴いた。
磐音は神保小路の武家屋敷の間を東に下り、表猿楽町に出た。さらに駿河台下《するがだい》を筋違橋《すじかいばし》御門へ抜けた。すると武家地から町屋に変わり、雰囲気が急に砕けて往

来する人間も背に大きな風呂敷包みを負ったり、大八車《だいはちぐるま》に菰包《こもづつ》みの荷を山積みにしていくお店者《たなもの》が増えた。

柳原土手《やなぎわらどて》の名物は古着市で、富沢町《とみざわちょう》と並び、江戸で知られた古着の商いが行われた。藪入りが終わったばかりで、奉公人の顔にもどことなくのんびりと気が弛《ゆる》んだ様子が見えた。

「おい、新《しん》の字、おっ母さんのおっぱい吸わせてもらったか」

客が野天の古着屋の小僧をからかっていた。

「親方、もうおっぱいを吸う歳じゃありませんよ。妹や弟に小遣いを上げたんですからね」

「そいつはえれえ。なかなかできないこった」

などという会話が耳に聞こえてきた。

磐音は、冬着から春物、綿入れから袷《あわせ》に着替える季節のせいで品が動くのか、いつもより賑やかに見える柳原通りを浅草御門へと下った。

「若先生」

と人込みの中から吉原被りの男に呼びかけられた。読売屋の楽助だ。

「読売を楽しみにしておるが、どうじゃな」

「へえっ、それなんで。折角いいネタを貰いながら遅くなって申し訳ねえ。あの話、どこぞのだれかがちょっかいを入れてさ、主《あるじ》の朝右衛門《あさえもん》さんがびびってるんでさ」

「御城の筋かな」

「へえっ、なんでも夕の字の関わりらしいですぜ」

「ほう、おもしろいな。せいぜい潰されないようにせぬとな」

「怒らないんで」

「泣く子と地頭には勝てぬでな」

「いかにもさようでさ」

「楽助どの、強い相手も隙《すき》を見せることがある。その折りを見逃さず勝負されよ」

へえっ、合点だ、と答えた楽助が人込みに姿を消した。

楽助を見送った磐音が訪ねたのは今津屋だ。どことなく両国西広小路の見世物小屋の前の人込みが少ないのは、藪入りが終わったばかりのせいか。

今津屋の店頭には大八車があり、懐手の浪人が二人、乗せられた荷を見張っていた。そのかたわらを抜けた磐音が、

「ご免」

と今津屋の店に入ると、人垣の向こうから由蔵の声が響いてきた。

「お客様、確かにうちは両替商の分銅《ふんどう》看板を軒先に掲げて、金銀銭の三貨を扱い、本両替、銭両替どちらもの御用を賜《たまわ》る商いをしておりますゆえ、金銀兌換《だかん》も銭両替もいたします。ですが、お持ち込みになられた銀は、すぐに兌換はできかねます。ちと預からせていただきたいのでございますよ」

「預かるとはどういうことだす」

「銀目を調べさせていただきます」

「今津屋は両替屋行司《ぎょうじ》を務めておられますな。金銀当日相場にて即両替が売り物と聞いておます。どういうことだっしゃろ。わては大坂の道修町《どしょうまち》の薬種問屋伊勢《いせ》貴《き》平《はん》兵衛《べえ》の番頭の蓑蔵《みのぞう》だす。江戸で即座の換金ができると思うて参りましたが、これでは看板に偽りありだすな」

「馴染《なじ》みのお客様なれば即座に兌換もいたしましょう。ですが、初めてのお客様、およそ八百両もの金に相当する四万八千匁《もんめ》の銀を即座に金に両替をと申されましても、無理な話にございますよ。まあ、そこで一晩だけ預からせていただきたいと願うているのです」

磐音は人込みを避けて、店と奥とを結ぶ三和土《たたき》廊下の出入口へ身を移した。

板の間に座した由蔵のかたわらには、筆頭支配人の林蔵《りんぞう》や振場役《ふりばやく》番頭の新三郎《しんざぶろう》が控えていた。由蔵は手に一枚の丁銀《ちょうぎん》を持っていた。上方で通用する銀は重さが不定で幾種類かあった。

「大金を預けろと言い張りますのんか。江戸の商いはもったりしておりますな。それでは生き馬の目を抜く大坂では通じまへんな」

「お客様、ここは江戸にございます。私どもには私どものやり方がございます。お預けなされるのなら預かり証文をお渡しいたします。それともお持ち帰りになりますか」

「こっちの足元を見てからに阿漕《あこぎ》だんな」

と応じた蓑蔵が連れの手代風の男に合図すると、手代が外の用心棒侍を呼んだ。

「わてら、こないな仕打ちを受けたことは初めてだす。このまま引き上げるのも業腹《ごうはら》や。上方風のご挨拶を一差し舞《も》うて去《い》なしてもらいましょ」

と言うと、二人の用心棒がいきなり剣を抜き放ち、振り回そうとした。

「お待ちくだされ」

長閑《のどか》な声が緊迫の店先に響いた。その声に振り向いた由蔵が、

「おおっ、佐々木様、そちらにおられましたか。気付かぬことでした」

「お取り込み中のようですね」

「はい、上方風のご挨拶とのことで、剣舞を披露《ひろう》と申されますが、はっきり申して嫌がらせです」

抜き身を下げた用心棒二人が磐音の前に立った。

「今津屋の用心棒か」

と一人が切っ先を突き付けた。

「おやめなさい。江都一の直心影流尚武館佐々木道場の若先生、佐々木磐音様です。そなた様方がどれほどの腕前かは存じませぬが、お相手にはなりますまい」

と余裕の出た由蔵の声が店先に響き、

「なにっ、佐々木道場の倅だと」

「尚武館改築の柿落《こけら》としに江戸の名立たる剣術家が招かれ、その場で剣術大試合が催されましたがな、磐音様は勝者にございます。ということは天下一の剣者だすな、伊勢貴の番頭はん」

と由蔵が、昔上方で見習い奉公をした折り、習い覚えた上方弁で蓑蔵をからかった。

「こたびは引き上げます。今津屋さん、この借り、何倍にもしてお返ししまっせ。覚えてなはれ」

「番頭はん、そりゃ商人《あきんど》の台詞《せりふ》と違いまっせ。悪たれの脅《おど》しだす。江戸にも南北町奉行所がおましてな、あれこれ目を光らせておられます。せいぜい気い付けてお稼ぎやす」

「どけ、どかんかい！」

という由蔵の返答に地団駄を踏んだ一行が、
と野次馬を怒鳴り散らして追いたてながら店から姿を消した。

「佐々木様、ちょうどよいところにおいでくださいました」

と笑みを返す由蔵の手に丁銀があった。

「いかがなされましたか」

「江戸ではまだ被害が出ておりませんが、薄銀で包んだ偽丁銀を金に換える手口の詐欺《かたり》が東海道筋で横行している話を聞いておりましたところに、あの方々が見えられましたので」

「その丁銀、偽物ですか」

「見本に差し出した銀貨です。本物ですよ。だが、大八の丁銀は本物かどうか知れません。そこで一晩預からせていただきますと願いましたところ、かような騒ぎになりましたので」

「怪しゅうござるな」

「両替商仲間六百軒には回状を出して注意してございます。それにしても、いきなりうちに姿を見せたとは驚きです」

「藪入りが終わった早々とんだことでした」

「私どもの気の弛んだところを狙《ねろ》うたのでしょうな」

と答えた由蔵が、

「新三郎、この丁銀、奉行所に届けます。別にしておいてくださいな」

と命じて磐音に奥に行こうと目で誘《いざな》った。

磐音と由蔵が落ち着いたのは、今津屋の大勢の奉公人が三度の食事をしたり、女衆《おんなし》が忙しくその仕度をする台所の板の間だ。三宝荒神《さんぽうこうじん》が祀《まつ》られた神棚のある大黒柱の下が老分番頭由蔵の定席だ。

「本日はなんぞ御用ですかな」

と由蔵が、昨日、今日と連日姿を見せた磐音に訊いた。

「祝言の料理についてお知恵を借りたく、養父の代理で参りました。花見弁当のようなものがどこぞで誂えられないものかと」

「花見弁当とは考えられましたな」

「いえ、養父上とも話し合いましたが、人数が多くなるは必定《ひつじょう》。ならば宴席を道場に設けて四斗樽をあちらこちらに据え、スルメ、昆布に勝栗なんぞを摘まみにして談笑し、弁当を手土産《てみやげ》に持ち帰るもよし、菜にするもよしの趣向はいかがかとなりました」

と玲圓と話し合ったことなどを告げた。

「佐々木様は直参とも異なり、身分を超えてのお付き合いも広うございますしな。また武門のお家柄、質実な祝言もまたよろしいかと思います」

奥からおはつが姿を見せて、磐音ににっこりと笑いかけた。

「おはつちゃん、母御のもとに戻られたか」

「はい」

「ならばおそめちゃんにも久しぶりに会うて話されたか」

「いえ、姉は長屋に戻りませんでした」

「おや、縫箔《ぬいはく》屋の江三郎《こうざぶろう》親方では、藪入りはございませんでしたかな」

「いえ、老分さん、姉の勝手です」

「おそめの勝手とはなんですな」

「姉は、休みの日に日頃できない縫箔の稽古をしたいと親方に願って、藪入りの間も親方の家に残らせてもらったんです」

「えらい、と褒《ほ》めたいが、おそめはちと根を詰めすぎではございませんか。職人の手仕事は長い修業が要るものです。時に気を休めることがあってもいいと思うがねえ」

と由蔵がそのことを案じた。

「おそめちゃんは頑張り屋ゆえ、今は好きにさせておくのがいいかと思いますが、幸吉はがっかりしたろうな」

磐音の心配は幸吉にいった。

「幸吉さんたら自分の長屋に戻る前に訪ねてきて、姉が藪入りを断ったと知ってがっかりしていました」

「であろうな」

はっ、となにかに気付いたようにおはつの表情が変わった。

「おはつちゃん、おそめちゃんのことで心配か」

「いいえ、幸吉さんが姉の奉公先を訪ねたのではないかと、ふと思い付いたのです」

「気が強いおそめのことだ。幸吉を叱《しか》り飛ばしたのではと心配か、おはつ」

「老分さん、なんとなく頭に浮かんだことです」

「それがしの師にとり、厳しい世の中を知るいい機会やもしれませぬ」

磐音が幸吉を師と呼んだのは、深川住まいの折りからの相談人だったからだ。

「まあ、片方のおそめがしっかりしすぎるほどの娘です。おはつ、案ずることはありますまい」

と由蔵が言い、

「佐々木様、ちとこちらでお待ち願えますか」

と言い残すと、吉右衛門、お佐紀を奥に訪ねる様子があった。

「一太郎どのは元気でなによりじゃな」

「中川先生も三日に上げずお見えになりますが、どこにも心配はないとのことです」

「多忙の身の中川さんがな。一昨日から一緒であったが、なにも言うておられなかったな」

「お内儀様の親父様が、小田原から一太郎様のお顔を見に近々見えられるそうです」

「さようか。祝言以来のお佐紀どのとの再会の上に外孫一太郎どのとの対面、さぞ張り切っておられよう」

と磐音は答えていた。

三和土廊下に人の気配があって、南町の定廻《じょうまわ》り同心木下一郎太《きのしたいちろうた》が姿を見せた。

「騒ぎがあったそうですね」

「大坂の薬種問屋の番頭一行が銀を両替に来られて、老分どのに待ったをかけられたのです」

新三郎が店から姿を見せ、一行が残していった丁銀一枚と紙片を一郎太に差し出した。一郎太はすでに店先で事情を聞いていたか、丁銀を掌《てのひら》に載せ、重さを量り、刻印を調べた。

「木下様、大坂の銀座が出した丁銀に間違いございません。あやつらが持ち帰った丁銀が怪しいと存じます」

頷いた一郎太が紙片に目を落とした。どうやら新三郎は、伊勢貴の番頭と自称した蓑蔵の人相風体《ふうてい》年齢などを書き留めていたらしい。

一郎太が新三郎の機転の書き付けに目を落として、

「駿河《するが》府中の両替商に銀を持ち込んだ男と年齢風体が似ている。一行が府中に現れたのが二十日前、江戸に姿を見せても不思議ではなかろう。早速奉行所に立ち返り、この件を笹塚《ささづか》様に申し上げ、府内に手配を回します」

と請け合った。

「木下様、ご苦労にございますな」

と奥から由蔵が姿を見せて、

「うちでも各組の頭取に本日の一件の仔細を通告し、両替商六百軒の注意を喚起いたします」

「さよう願います」

一郎太は由蔵や磐音に会釈をすると風のように台所から姿を消した。

「さすがに町方同心、動きが早うございます」

と感心した由蔵が、

「佐々木様、お待たせいたしましたな。旦那様にお許しを得て参りました」

と言った。由蔵は店着の羽織から外出用に着替えていた。

「どちらへ参られますか」

「浮世小路の料理屋が弁当のようなものを始めたとか、お客様からちらりと聞いたことを思い出しましてな、旦那様にお尋ねしましたところ、やはりご存じでした。ここで思案するよりあちらに直《じか》に相談してはと申されましてな」

「老分どのが案内とは恐縮です」

「両替屋の奉公人は、古い仕来りから新規な流行《はやり》ものまで承知しておくのも商いのこつでしてな。ところで弁当はいくらご所望ですか」

「佐々木道場の門弟衆だけで数百人には及びましょう。すべてが見えられるわけでもありますまいが、佐々木家、今津屋様と諸々考えますと、四、五百は要ろうかと存じます」

「祝いの弁当です、二百文とはいきますまい。一つ二朱にして一両で八つですか。五百となると六十数両はかかります。結構な物入りですな」

「養父もそのことを思案しておりました」

由蔵と磐音は米沢町の通りを御城に向かって進み、入堀を汐見橋で越えて魚河《うおが》岸《し》の北側を目指した。

浮世小路は室町三丁目から東へ江戸橋からの入堀伊勢町堀の堀留にぶつかる横丁である。浮世小路という粋《いき》な名で呼ばれたのは、畳表の浮世茣蓙《ござ》を扱う店があったためとも、湯女《ゆな》を置いた浮世風呂があったためとも言われていた。

「浮世小路とは初めて聞く名です」

「北側は名主の喜多村彦右衛門《きたむらひこえもん》様の屋敷と接し、南は分限者《ぶげんしゃ》の多い魚河岸が控えて、この小路に卓袱《しっぽく》料理の百川《ももかわ》がございましてな、魚河岸の旦那衆や文人墨客の無理を聞いているそうです。ちょいと相談をしてみましょうか」

二人は本町と室町の辻《つじ》を日本橋に向かって曲がり、名主喜多村彦右衛門屋敷を過ぎてすぐに左手に入り込んだ。

長くもない通りながら櫛《くし》屋の和泉屋、切付《きりつけ》屋の玉屋のほか、諸国の銘茶を扱う店や、傘、小間物、雪駄《せった》などを商う店が軒を連ねていた。どこもが大店《おおだな》ではないが、すぐ脇が気風のいい魚河岸の旦那衆の土地だけに、上等な品が店先に並んでいた。

浮世小路の中ほどに卓袱料理の料亭百川があった。

三

江戸に料理茶屋が出現するのは宝暦《ほうれき》元年（一七五一）、八代将軍吉宗の死が契機であった。まず両国橋東詰に二階造りの、淡雪豆腐を売り物にした日野屋、明

石屋、かんばやし、若盛などが、

「好み次第の馳走ぶり」

と物の本に書かれたりして、賑やかにも江戸文化が開花した。そして、安永期（一七七二〜八一）に入るといろいろな料理と趣向を凝らした料理茶屋が商売を競うようになっていく。

「おや、今津屋の老分さんではございませぬか」

二人が百川の黒板塀に切り込まれた門を潜ると、玄関先にいた様子のいい女将《おかみ》のお恭《きょう》がすぐに気付いて声をかけてきた。

「女将さん、ちょいと相談がございましてな、お伺いいたしました。忙しくはございませんかな」

「天下の今津屋の老分さん自ら足を運ばれたのに、追い返す馬鹿がどこにおりましょうか」

お恭が磐音に笑みを向け、磐音も会釈した。

「神保小路の尚武館佐々木道場の若先生、佐々木磐音様です」

「どちらかでお見かけしたような」

と思案の体の女将が、

「神保小路の佐々木道場に、このような偉丈夫がおられましたかしら」

「佐々木玲圓先生にはお子がおられませぬ。そこでな、玲圓先生の門弟でもあった豊後関前藩国家老のご嫡男の坂崎磐音様が、養子に入られたのですよ」

「女将どの、よろしくお願い申す」

と頭を下げた磐音に、

「あっ、思い出した。長崎屋さんの表で今小町のおこんさんと一緒だったお武家様ですよ」

とお恭が叫んだ。

長崎屋は、長崎出島に滞在する阿蘭陀商館長《カピタン》ら一行の参府の折りの宿舎として有名な旅籠《はたご》で、磐音もこれまで何度か訪ねたことがあった。

「女将さん、そのおこんさんと磐音様が祝言を挙げられることについて、ご相談に上がったんですよ」

「今小町を花嫁になさるとは、若先生も果報者ですね。おめでとうございます」

女将の祝いの言葉に磐音が、

「ありがとうござる」

と応じるとお恭が、

「老分さん、玄関先でなんでございます、座敷にお上がりくださいな」

「座敷より帳場が気楽でよろしゅうございます」

「ならこちらに」

とお恭が、長火鉢に鉄瓶《てつびん》のかかる主の居間に二人を案内した。手際よく茶が淹れられ二人に供された後、

「佐々木家のお祝い事になんぞうちが役に立ちましょうか」

「女将さん、お知恵を拝借したい。佐々木家は直参旗本でもなければ商家でもない。ですが、江都一の剣術道場、門弟衆は大名家から直参旗本の子弟が主でございましてな、数多《あまた》の大名家ともお付き合いがございます。なにしろ人脈は多岐にわたりお付き合いが広い」

「後ろ盾が今津屋様では推察も付きます」

「うちが後ろ盾とは、佐々木先生が迷惑なされましょう」

「いえ、先の日光社参も、大所帯を支えたのは今津屋様ともっぱらの巷《ちまた》の噂。それを陰で助けたのは佐々木道場だと、客のお武家様が噂なさっておりましたよ」

「巷の噂はとかく大仰《おおぎょう》になりがちです」

と軽く流した由蔵が相談事を打ち明けた。

「これは趣向にございますね、老分さん」

「なにしろ数が多いので、一々膳部を用意することなど適《かな》いません」

お恭はしばらく思案していたが、ぽんぽんと手を叩いて百川の番頭利一郎《りいちろう》と料理人頭盛助《がしらせいすけ》を居間に呼んだ。

「おや、今津屋の老分さん、お久しぶりにございますな」

と番頭が揉《も》み手をして由蔵に挨拶した。

「女将さんにちとご面倒を願うております」

と由蔵が受け、女将が二人の男衆《おとこし》に相談した。

「祝言を道場で、大名家から町人までご同座ですか。初めて聞きましたが、なかなかのご趣向です」

「番頭さん、どうです。できますか」

「祝いの弁当です、やはりめで鯛《たい》がございませんと、座りも見場も悪うございましょう。五百尾、かたちのよいのが揃えられるかどうか」

「番頭さん、値が張るのならば、百川を貸切にします。だが、質実剛健、身分を超えての剣術付き合いの方々の弁当です。佐々木家は道場の改築をしたばかり、そこのところもな、考えてくだされよ」

料理人頭は頭の中で思案している体で、沈黙したままだ。

「老分さん、佐々木家では祝いの弁当一つ、おいくらをお考えで」

「粗末でもいけません。かといって豪奢《ごうしゃ》も武家方には不釣り合い。一つ一朱と言いたいが、諸式高騰の折り、それは無理でございましょう。二朱見当で祝いの弁当ができますかな」

「二朱でできないことはございませんが、かたちのよい鯛が揃えられるかどうか」

お恭が頭を抱えた。

「女将さん、弁当一つは二朱かもしれませんが、佐々木家ではこの他に酒も用意せねばならぬのですぞ」

「おこんさんが花嫁なら、今津屋様が後ろ盾にございましょう」

「これは佐々木家の祝言にござる、女将どの」

と磐音が釘《くぎ》を刺した。

「女将さん、おこんさんはな、今津屋を辞して明日には家治様の御側御用取次速水左近様の養女となられます」

「なんですって。おこんさんは上様御側衆の速水様の養女として佐々木家に嫁がれるのですか」

「佐々木先生と速水様はご昵懇《じっこん》の間柄ですよ」

幕府要人にも顔が広い女将が大きく頷き、

「その祝いの弁当は、公方様の御側衆も召し上がられるのですね」

と念を押した。

「そうですとも。百川の味を世間に広く知っていただく好機とは思いませんか、女将さん、番頭さん」

「盛助、五百の弁当ができますか」

お恭が料理人頭に訊いた。

「ひと月あればなんとかなりましょう。やはりかたちのいい鯛をどれだけ安く揃えられるかが、弁当のよし悪しに関わりますし、勝負の分かれ目です」

「こちらの魚はどちらから仕入れておられますな」

「鯛は本船町の赤穂屋《あこうや》ですが」

「帰りにな、赤穂屋に顔を出して私からも願うておきます」

「それは助かります。今津屋の老分さんに言われて文句を言えるお店はございませんからね」

「女将さん、うちは横車を押すような商いはしていませんよ」

「そんな意味ではございませんよ。とにかく二、三日、時を貸してくださいな。どんな中身の弁当ができるか、盛助に思案させますから」

「助かりました」

と由蔵が言い、磐音の顔を見た。

「料理となると料理人どのの裁量、腕にございましょうが、養母上とおこんさんに相談せずともよいものでしょうか」

「これはしたり、いかにもさようです。おえい様とおこんさんに、こちらにおいで願いましょうか」

「老分さん、滅相もないことでございますよ。盛助の思案ができましたら、こちらから道場に伺わせます」

「なら女将さん、四日後に神保小路の尚武館ではどうですか」

「承知しました」

と盛助が受けて百川での用談はひと先ず済んだ。

由蔵と磐音が次に訪れたのは、本船町と伊勢町の間に間口十七間の店構えを誇る乾物問屋の若狭屋《わかさ》だ。江戸の有力な乾物問屋三十四株は濱吉《はまよし》組と名乗る組合を組織していたが、若狭屋は総代を務めていた。

「おや、今津屋の老分さんに佐々木様」

と番頭の義三郎《ぎさぶろう》が目敏《めざと》く声をかけてきた。

江戸で豊後関前領内の海産物を若狭屋が扱ってくれるのも、吉右衛門や由蔵の尽力があったればこそだ。

「お二人お揃いで姿を見せられるとは、なんぞ難題が生じましたかな。関前藩の春船はそろそろ江戸に到着することになっておりますが、その一件ですかな」

「そうか、そうですな。関前から春船が入る季節でしたな」

由蔵が応じて、若狭屋の手代が二人に座布団を運んできて上がりかまちに座を作ってくれた。

由蔵は腰を下ろしたが、磐音は諸国から集められた乾物に目がいき、立ったままだ。

今や関前藩の財政は、藩物産所が領内から独占的に集め、江戸や上方に販売する海産物の出来と売れ行きに大きく左右されていたため、つい、関前領内で加工された鰹節《かつおぶし》に目がいった。

豊後関前藩産、と札が立てられた鰹節の身の締まり具合や乾燥具合など、他国産と比べても遜色《そんしょく》がないばかりか、出来は上回っているように思えた。

「義三郎さん、そうではないのです」

座布団に腰を落ち着けた由蔵が、百川で話した一件を繰り返した。

「佐々木家に入られたと聞いて、おこんさんとの祝言が近いと思っておりましたよ」

と答えた義三郎がふいに磬音に目を向け、

「若先生、ちと願いがございます」

「なんでございましょう」

「祝言に私も呼んでいただけませんか」

と義三郎が言い出したのだ。

「お安い御用です、義三郎さん。その代わり、赤穂屋に口を利《き》いてくれますね」

と由蔵が磬音に代わって答え、念まで押した。頷いた義三郎が、

「おい、たれか、赤穂屋に走って若旦那か番頭を連れてきなされ」

と命じ、若い衆が駆け出した。

赤穂屋の若旦那と番頭の二人が駆け付けてきた。さすがは気風のいい魚河岸ならではの、打てば響く行動だ。

「なんだって、今小町のおこんさんの祝言の鯛だって。どんなことがあっても、かたちのいい鯛を、数だけ揃えさせますよ」

と二人が請け合い、

「赤穂屋さん、数を揃えるだけではいけません。佐々木道場の武名は高うございますが、お武家様はどこもお金には慎ましやかです。そこのところを考えて百川に届けてくださいよ」

とさらに念押しした由蔵と並んで磐音も鷹揚《おうよう》に頭を下げると、

「驚いたぜ。両替屋行司の大番頭さんと尚武館の若先生から、二人揃って頭を下げられちまったよ。もってけ、泥棒め、しっかと請け合いましたぜ」

と魚河岸の兄い連中らしく、威勢よく胸をぽーんと叩いてくれた。

磐音と由蔵は日本橋の見える地引河岸《じびきがし》に出た。すると川から、今津屋の出入りの船宿川清の猪牙舟の船頭が魚河岸に客を送ってきたか、

「今津屋の老分さん、戻り舟だ。お店まで送りましょうか」

と声をかけてきた。

「そうですね。帰りは水面《みなも》を春風に吹かれるのも悪くはないですね」

とその気になった。そして、由蔵は日本橋川の向こうに預けられたままの磐音の視線を見て、

「佐々木様はどうなされますな」

と尋ねた。

「老分どの、こちらでお暇してよろしゅうござるか」

「それは一向にかまいませんが」

「おそめちゃんが藪入りにも戻らず江三郎親方のもとで頑張っていると聞き、余計なお節介とは申せ、顔を出してみようかと思いついたのです」

「それはよい考えです。訪ねてやってください。おそめが喜びますよ」

短い期間とはいえ、おそめは今津屋に仮奉公していた身だ。

その折り、今津屋にそのまま奉公をしないかと引き止められた経緯《いきさつ》があった。

だが、おそめは自ら望んで縫箔職人になる厳しい道を選んだのだ。

二人は地引河岸で別れることになった。

由蔵を乗せた猪牙舟がゆらりゆらりと川面に消え、それを見送っていた磐音は日本橋へと歩き出した。

中河岸、芝河岸と歩いていくと、青空に弧を描く日本橋が段々と大きくなった。

橋の北詰の路傍に、筵《むしろ》を敷いて竹籠《たけかご》を並べた売り子が出ている。蓬《よもぎ》の香りが漂い、餡《あん》の美味しそうな匂いが漂ってくるようだった。

牡丹餅《ぼたもち》や草餅を商う二人の女は、姉さん被りの老婆とその孫娘か。

磐音の初めて見る甘味屋だった。

「お武家さん、甘いもんが好きか」

老婆が目敏く見付けて声をかけてきた。

「草餅も牡丹餅も美味しそうじゃな」

「亀高村のうちで作った餅じゃぞ、蓬も砂村川の土手で摘んだものだ。美味しくないわけがなかろう」

亀高村は深川も南十間川を越えた砂村新田と接する界隈だ。

「いくらかな」

「どちらも一つ十文じゃ」

「すまぬが十ずつ包んでくれぬか」

「へえ、有難うよ」

孫娘が竹皮を一枚婆様に渡し、自らも草餅を包み始めた。

「屋敷の女中に土産か、お侍」

磐音を屋敷奉公と勘違いした老婆が牡丹餅を包みながら訊いた。

「呉服町に、知り合いの娘が職人奉公に出ておる。そなたの孫娘どのとちょうど同じ年格好じゃ。ふと顔を見ていこうと思い立ち、これは親方への手土産だ」

「娘が職人を志したか。なんの職だ」

「縫箔職人じゃ。名人と言われる呉服町の江三郎親方のもとでの修業ゆえ、厳しい日々を過ごしておろう」

「縫箔とは娘さん、考えたな」

「本人が望んだのじゃ」

頷いた老婆が、

「娘さんもいい覚悟だが、お侍、おまえ様も優しい心根を持っていなさるな」

老婆は孫娘に、おまけに二つ草餅を入れろと命じ、牡丹餅もおまけしてくれた。

「気を遣わせて相すまぬ。お婆《ばば》どの、お代は二百文でよいのか」

「娘さんの覚悟とさ、お侍の気持ちに応えなきゃあ、お天道《てんと》様に顔向けできねえよ」

磐音は代金を支払い、竹皮包みを二つ提げた。

「知り合いの娘さんによ、なにがなんでも一人前の職人になるまで頑張るように伝えておくれ」

という老婆の声に見送られて日本橋を渡った。

高札場《こうさつば》に人だかりがして新しい手配書きを注視していた。磐音はその背中を見ながら、通《とおり》一丁目に入った。

呉服町は東海道から西に、御堀へと延びた通りだ。

徳川氏の関東入部に伴い、この地に幕府の呉服御用達後藤縫殿助《ごとうぬいのすけ》の居宅があったこともあり、呉服店が数多く暖簾《のれん》を掲げたところから付けられた町名だ。

安永期、両側町の呉服町は京間二百四十九間一尺五寸五分七厘《りん》とある。このように長さが精密に割り出されるのは、間口に合わせ、各お店が公役金を納めたからである。

磐音は呉服屋の店の間に塗師《ぬし》、蒔絵師《まきえし》などの職人の工房がちらばる通りを御堀に向かい、縫箔の名人三代目江三郎の戸口に立った。

「ご免」

磐音が敷居を跨《また》ぐと、しゅっしゅっと絹地に針が潜る緊張した音が耳に入ってきた。

「おや、佐々木様」

と職人衆が作業台を並べる板の間の一角に立って、老練な職人頭となにか打ち合わせでもしていた様子の江三郎が声をかけてきた。

「親方、この近くまで用事で参ったで、お邪魔とは思うたがつい立ち寄った」

江三郎がにたりと笑い、

「おそめが頑固にも藪入りも取らずうちに残ったてんで、様子を見に来られましたか」

「親方はこちらの気持ちをすべてお見通しにござるな」

磐音は橋詰で買ってきた牡丹餅と草餅を差し出すと、

「今日は仕事が立て込んで八つ半（午後三時）の休みを取らなかったな。佐々木様が甘いものを持ってきてくださった。おそめ、茶を淹れねえ」

と一番奥に作業台を置くおそめに命じた。

「はい。親方」

おそめはちらりと磐音を見て会釈すると奥へ姿を消した。おそめの挙動はもはや一人前の職人のそれできびきびとしていた。

「佐々木様、近々祝言と伺いました」

「来月十五日におこんさんを神保小路に迎えます。その用事で魚河岸まで参ったところにござる」

　とざっと近況を告げた。

「坂崎様が佐々木様と姓が変わられたと聞いておりましたよ。いよいよ新しい舞台にお立ちで、大きく羽ばたかれましょう」

「はて、それはどうですか。当分、佐々木玲圓の名前と格闘することになりましょう」

「失礼ながら、玲圓先生とおまえ様では比べようもございますまい」

「親方の言われるとおり、養父の武名は江戸界隈に高うございます。その名に押し潰されるやもしれませぬ」

「坂崎様、おっと佐々木様、勘違いなさっておられる」

「親方、勘違いとは」

「確かに直心影流佐々木玲圓の名は江都に鳴り響いておりましょう。私が言うのはそのことではありません。玲圓先生には非礼と思いますが、人間の器は佐々木磐音様がひと回りもふた回りも大きいや。玲圓先生はすべてを見通して、坂崎磐音というお人を後継に選ばれたんですよ」

　おそめと江三郎親方のおかみさんが茶を運んできた。

作業場の板の間に手を休めた職人が車座になり、亀高村から商いに来た老婆と孫娘の草餅と牡丹餅を食して、磐音とおこんの祝言についてあれこれ談笑した。

「佐々木様、おこんさんになんぞうちも祝いをしたいが、なにがいいかねえ」

と江三郎が言い出したのは、磐音が、あまり長居しても仕事に差し支えると思い、上がりかまちから立ち上がったときだ。

「お気持ちだけいただこう、親方」

「そう言われると思いましたぜ」

と笑った江三郎が、

「おそめ、佐々木様を日本橋の橋向こうまで送ってこい」

と厳しい口調で命じた。おそめがなにか言いかけ、親方の険しい顔に、

「はい」

と頷いた。

四

江三郎は、おそめが磐音と直に話す機会がなかったことを気にして見送りを命

じたようだ。

前掛けをしたままのおそめは磐音の一歩後ろから歩いてきた。

「藪入りもなしに頑張っておるようだな」

「私、奉公に出て、なにも知らないことに改めて気付かされました。覚えることが山ほどあるんです」

「それで藪入りを返上いたしたか」

おそめが頷いた。

「おそめちゃんは、よう頑張って奉公しておる」

磐音の言葉におそめは答えなかった。

二人は呉服町の通りから東海道へと出た。

磐音が足を止めておそめを振り返った。

「幸吉がそなたのことを案じて様子を窺《うかが》いに来なかったか」

「来ました」

「話したか」

「おかみさんに断って少しばかり立ち話しました。でも……」

「今は幸吉の気持ちがありがた迷惑かな」

おそめは口を固く結んで答えなかった。そして、自ら歩き出した。

「そなたの気持ちも分からぬではない。だがな、おそめ、一人前の縫箔職人になるのは長い歳月がかかる。精魂を張り詰めてはどのような人間でもそうそう長く続くものではない。藪入りとはようも考えた慣わしと思う、一年に二度、小正月と盆におっ母さんや親父どの、弟妹や友と顔を合わせ、話ができる。張り詰めた気持ちを一度緩めてな、また明日から新たに修業と向き合う」

おそめはしばし沈黙し、口を開いた。

「佐々木様、分かっているのです。でも、私はできません」

おそめは身を捩《よ》じるようにして思いを込めた言葉を吐いた。

「そうか。ならおそめがその気になるのを待つしかないか」

おそめは無言のまま日本橋に向かっていたが、両の瞼《まぶた》から涙が零《こぼ》れて頰《ほお》を伝った。

「これを使うがよい」

磐音は懐から手拭いを出しておそめの手に握らせた。

「剣術とはなにかと日夜考えていた頃があった。相手に先んじてわが身を踏み込ませ、一瞬でも木刀を早く振るい、叩く。剣術を勝ち敗《ま》けだけと捉《とら》えるならば、それでよかろう。だがな、何年も考えているうちに、剣や木刀の遅速だけではつまらぬと思うようになった。剣者の動きと動き、意志と意志の間合いこそ大事なことではあるまいかと思うようになったのだ。その間合いを、遊びと言い換えてもよい。動きと動きの間の遊びこそ、剣を志す者を真の剣者たるか、偽りの剣者かに隔てるものではあるまいかと考えるようになった。気も一緒ではないか。張り詰めているばかりでは、あとはぱちんと弾《はじ》けるだけだ。伸びたときは弛める。それで次なる伸びに繋がるのだ。そして、もっとも大事なことは、おそめの縫箔の技の習得に繋がるということだ」

二人は日本橋の南詰にかかっていた。

「説教じみたことを言うたな。許せ、おそめ」

「いえ、佐々木様」

磐音は橋の中ほどで足を止め、欄干《らんかん》に身を寄りかからせた。

橋の北詰では、商いを終えた老婆と孫娘が船着場に下りて、空になった竹笊《たけざる》を百姓舟に積み込んでいた。船頭は老婆の倅か。

なにごとか会話を交わしているのか、孫娘の高い笑い声が響いた。

おそめは磐音の視線に気付き、そちらを見た。

「最前の草餅と牡丹餅はあの者たちが拵《こしら》えたものだ」

おそめはそちらを見た。

姉さん被りの孫娘を船頭の父親が手を引いて舟に乗せていた。

「幸吉の気持ちを分かってくれぬか」

「分かっています」

「賢いおそめのことだ。それがしの言うことなど百も承知で、悩んでいるのであろう」

「今やることはなんだろうと考えると、どうしても体が深川へと向かないんです。気持ちは深川に戻りたいと思っているのにです。おっ母さんにもおはつにも幸吉さんにも会いたいと思います。でも」

「おそめ、たれもが分かっておるのだ。そなたの気持ちをな。一つだけ覚えておいてくれぬか」

「はい」

涙に濡《ぬ》れた瞳を磐音に向けた。

「そなたは一人で生きておるのではない。おっ母さんもおられれば父もきょうだいもおる。幸吉もいれば、今津屋にもおそめの思い出を大事にしておる人々がおられる。むろんこの磐音もおこんさんもな」

「はい」

二人の視線の向こうで、百姓舟が船着場を離れて大川へと下ろうと舳先《へさき》を転じた。すると孫娘が磐音に気付いて老婆に教え、老婆が、

「お侍、その娘さんかえ、縫箔修業の娘さんはよ！」

と叫んだ。

「いかにもさよう、おそめちゃんにござる」

と磐音が叫び返した。

「頑張るんだよ、おそめちゃん」

百姓舟は舳先を転じ終えていた。

おそめがふいに手を振り上げ、

「お婆さん、娘さん、草餅美味しゅうございましたよ！　牡丹餅甘かったですよ！」

と叫び返すと、

「私ら、時に橋の袂《たもと》に出てるでな、息抜きにおいでよ」

という老婆の声を日本橋川の川面に響かせつつ、百姓舟は段々と遠ざかってい

った。

「佐々木様、今津屋に立ち寄られたら、意地を張り通してごめんなさいとおはつに詫《わ》びておいてください。そして幸吉さんにも」

「明日、おこんさんを迎えに金兵衛長屋に参る。唐傘《からかさ》長屋に立ち寄り、そなたが元気で働いておることを皆に伝えておこう」

「お願いします」

おそめが、涙を拭《ぬぐ》った手拭いを返そうかどうか迷ったふうに手をさ迷わせた。

「よければ使うてくれぬか」

「はい」

「おそめちゃん、おこんさんは明日から速水こんと名が変わる」

「佐々木磐音様の花嫁様となられるのですね」

「そういうことだ」

風のせいか、橋の上に梅の香りが漂ってきた。

「親方に申し上げます」

「なにをだな」

「おこんさんのお祝い、思い付いたのです」

「ほう」

「親方が受け入れてくれるかどうか。佐々木様、そのときまで秘密です」

「おこんさんにも言うまい」

「佐々木様、ありがとうございました。動きと動きの間ですね」

「さよう、遊び心が人間を大きくも小さくもする」

「そのお言葉、一生忘れません」

おそめが日本橋の南詰へと駆け出していった。

磐音は尚武館に戻るか今津屋に立ち寄るか迷いつつ、室町の通りから十軒店本《ほん》石町《ごくちょう》へと歩を進めていた。

本石町の裏手から時鐘が鳴り響いてきた。

暮れ六つ（午後六時）の時鐘だ。

そのとき、磐音の目は大八車を引いて本銀町《ほんしろがねちょう》一丁目へと曲がる人物に目を留めた。今津屋に現れ、大坂道修町の薬種問屋伊勢貴半兵衛の番頭蓑蔵と名乗った男が、大八車に従っていた。

用心棒侍はと辺りを見ると、大八車から十数間離れて追随していた。

一仕事終えて塒《ねぐら》に戻るのか。

磐音は咄嗟《とっさ》に尾行することに決めた。

だが、尾行は長くは続かなかった。

伊勢貴の番頭蓑蔵は本銀町の中ほどにある両替商上総屋《かずさや》三左衛門《さんざえもん》の店先をちらりと眺めて、堂々と入っていった。

夕間暮れ、上総屋は小商人の手代や棒手振り《ぼてふ》が銭の両替に来ていて、さほど広くもない店頭がごった返していた。そこへ、すいっ、と入っていった蓑蔵が、

「上総屋さん、最前の話、お願い申しまっせ」

と声をかけた。

「へいへい、三百五十両の両替にございましたな。口銭《こうせん》は急ぎゆえ倍付けでございました。確かにございましょうな」

「番頭はんは商いが上手におますな。こちらの足元を見てからに、あんじょう押し切りはりました。上方の商人も顔負けだす」

と蓑蔵が言い、表に向かい、

「銭函、運んでくれまへんか」

と大八車の男二人に命じた。

丁銀を詰めた銭函がいくつも運び込まれ、狭い店先に積まれた。蓑蔵が銭函の

蓋《ふた》を開き、丁銀を取り出すと、

「番頭はん、お改めを」

と何枚かを取り出した。

「おいおい、こっちの銭の両替は後回しか。小口だからって馬鹿にするねえ」

と棒手振りが文句を付けた。

「おれっちが先だよ」

と別の体付きのがっちりとした職人風の男が言い出した。

「こっちが先だ」

「いや、おれだ」

店先に険悪な雰囲気が流れた。

「こりゃあえらいすまんこってした。わてら、最前番頭はんと話した一件やよって、横から割り込んだような感じになりましたかいな。どなたはんも機嫌を直してもらえまへんか。これはほんの煙草銭《たばこせん》だす」

と蓑蔵がいきり立った二人に小粒を摑《つか》ませると、職人風の男が、

「すまねえな。おまえに言っててんじゃねえんだ」

「よう分かってま。なにしろうちも支払い先を待たせているもんで、つい急《せ》きま

した」

　蓑蔵はそう言いながらも、何人かに小粒を摑ませたり、袖《そで》に入れたりした。

「番頭さん、こちらは急いでるっていうじゃねえか。急いでやってやんな」

　と職人風の男が譲り、

「真に申し訳ございません。伊勢貴の番頭さん、約定の三百五十両から口銭を差し引かせてもろうています」

　と用意の金子をふわっと差し出した。

「ほなら、頂戴しましょ」

　蓑蔵が用意の袋に包金を入れた。

「お待ちあれ」

　店に長閑な声が響いた。

　込み合う店先に頭ひとつ高い佐々木磐音が立ち、それを振り返った伊勢貴の番頭の蓑蔵が凝然と身を固まらせた。

「また、あんたかいな」

「上総屋の番頭どの、丁銀すべてを調べられての両替か。両替屋行司今津屋から、偽銀から金への兌換が行われているによって注意されたしとの回状が来ておらぬか」

「はっ、はい、あなた様は」

「今津屋といささか関わりのある者でしてな」

しばし呆然としていた番頭が、

あっ！

となにかを思い出したように顔を歪《ゆが》め、丁銀の銭函に飛び付いた。

その間に伊勢貴の蓑蔵が、そうっと表に飛び出そうとした。手には上総屋を騙《だま》して得た三百余両の袋を抱えてだ。

「蓑蔵どの、そなたを逃がすわけには参らぬ」

磐音が蓑蔵の行く手を塞ぐように立った。

「あかんたれが。邪魔ばっかりしおって！」

蓑蔵の顔が羅刹《らせつ》のような形相《ぎようそう》に歪んだ。

その瞬間、磐音の胸元に、腹掛けに隠していた匕首《あいくち》を翳《かざ》して飛び込んできた者がいた。最前、蓑蔵から小粒を貰った棒手振りだ。

磐音は棒手振りの踏み込みを目で追いつつ、職人風の男の動きを確かめていた。

こちらもすでに鋭利な鑿《のみ》を構えていた。

磐音の体が、

ふわり

と半身に開き、棒手振りの匕首の切っ先を躱《かわ》して手首を下から摑むと、もう一方の手で棒手振りの腰帯を摑んで体を捻《ひね》りざま投げた。

狭い店先の虚空で身を一回転させた棒手振りが、

どさり

と土間に叩き付けられて悶絶《もんぜつ》した。

職人風の男が突っ込んできた。

蓑蔵が表に向かい、

「先生方！」

と叫び、上総屋の人込みが二つに割れて用心棒剣客二人が立った。

そのとき、磐音は職人風の男の持つ鑿先を躱しつつ、頰っぺたを張り飛ばしていた。職人風の男は仲間の棒手振りが気絶して倒れるかたわらに転がった。

「上総屋の番頭どの、すべて一味にござる。早々に番所に小僧さんを走らせよ」

「はっ、はい」

磐音の言葉に番頭が、

「だれか、親分を呼びに行っておくれ!」

と叫んだ。

込み合った店の土間には今や磐音と蓑蔵、そして、二人の仲間が転がっているだけだ。用心棒は上総屋の店頭に立っていた。

「蓑蔵どの、そなた、そこを動けばその首、胴から離れるがよいか」

直心影流尚武館佐々木道場の後継が発した言葉だ。

「うっ」

と返答を詰まらせた蓑蔵が身を竦《すく》ませた。

磐音の注意は店の表に向かっていた。

「そなたら、本物の丁銀を上手に見せ銀として、その実、偽銀と小判を両替しながら東海道筋を江戸に下って参ったようだな。大坂に比べれば江戸の商いは甘いと嘗《な》めたようだが、幕府のお膝元《ひざもと》には目利きもおられる」

磐音がすいっと店から表に出た。

二人の用心棒剣客が腰の剣を抜きながら後退して間合いをとった。

「十両盗めば首が飛ぶとか申す。蓑蔵どのをはじめ、ご一統は十分にその責めに見合いそうじゃな」

磐音の挑発に二人の用心棒剣客の顔は朱を帯び、八双《はっそう》に構えた一人は、上段から突きに構え直した相棒に目配せして素早く打ち合わせた。
磐音はそろりと包平を抜くと、残照を受けた刃を、
くるり
と峰に返した。
その直後、二人の用心棒剣客が同時に行動を起こした。八双と突きの構えが敢然と踏み込んできた。
磐音は二人の踏み込みを十分に見極めつつ、
そより
と身を動かした。
春先の縁側で日向《ひなた》ぼっこをしていた年寄り猫が生暖かい風に眠りを起こされたか、
ふわっ
と顔を上げ、丸めた背を伸ばしながら立ち上がったような長閑な気配だった。
だが、二人の刃の前に自ら踏み込んだ磐音の、峰に返した包平が光になって、一人の肩口を、翻《ひるがえ》ってもう一人の胴を叩いたのをはっきりと確かめ得た野次馬は

一人もいなかった。

びしりびしり
と鈍い音が二度続き、

「げえっ！」

と呻《うめ》いた二人が立ち竦んだ後、どたり、その場に倒れ込んだ。

それを見た蓑蔵が再び人込みに紛れようとした。その人込みが二つに割れて、

「南町奉行所定廻り同心木下一郎太である、神妙にいたせ！」

の声とともに、十手を翳した一郎太が挟箱を担がせた供を連れて飛び込んできた。

「おや、木下どの、よいところに」

「その声は神保小路の佐々木磐音若先生ではありませんか。偽銀遣いも尚武館の若先生にかかっては、さすがにひと溜まりもありませんな」

と一郎太が阿吽《あうん》の呼吸で尚武館の名を上げ、宣伝に務めてくれた。そう言いながらも十手で牽制しつつ、どやつから縛り上げようかと思案する一郎太の前に、

「木下の旦那、遅くなりました」

と土地の親分が手下《てか》を連れて飛び込んできた。

「おおっ、彦八《ひこはち》か。まずは小判を抱えて逃げ出そうとしている腹の黒い野郎から捕り縄をかけよ」

と命じた一郎太が、包平を鞘に納める磐音を見た。

「若先生、お手柄にございました」

「なんの、笹塚様へのほんの手土産にございます」

「高笑いの顔が目に浮かびます」

と上役の大頭を思い出した一郎太が複雑な顔をして、一件落着した。

第三章　小さ刀吉包

一

磐音は朝稽古《あさげいこ》を早めに切り上げ、湯殿で水をかぶって汗を流した。春とはいえ朝晩はまだ底冷えがする季節だ。だが、門弟相手に激しい稽古をこなした五体に冷水をかけると、湯気のようなもやもやとしたものが上がった。

さっぱりとした体に下帯から襦袢《じゅばん》まで真新しいものに替えた。春めいた小袖《こそで》と羽織袴はおこんが用意してくれたものだ。

いつもより早い朝餉を一人で摂《と》った磐音は、

「養母上《ははうえ》、参ります」

と声をかけた。

「大役です、宜《よろ》しゅうな」

今朝はおこんが大身《たいしん》旗本、御側御用取次の速水家に養女に入る、目出度い日であった。

磐音に代わり、玲圓は門弟たちの朝稽古の指導をしていた。道場を退《ひ》く折りに、すでにそのことは挨拶してあった。

磐音の余所《よそ》行き姿を見た白山が不思議そうな顔で見た。

「馬子にも衣装と思うておる顔じゃな。それとも見間違えたか、白山」

犬相手に言葉を交わした磐音は、神保小路を表猿楽町の通りへと下っていった。

磐音が今津屋に到着したのは朝五つの時鐘が鳴る前のことだ。

「おおっ、お見えになられましたな」

と由蔵が磐音を迎え、上から下まで確かめるように見ていたが、

「御髪《おぐし》が乱れておりますな。それでは折角のお仕度も画龍点睛《がりようてんせい》を欠くというものです」

由蔵の頭からは鬢付《びんつ》け油の匂いがかすかに漂い、髪の毛一筋の乱れもなかった。

「迂闊なことでした。髪結い床に行く暇がございますか」

「万事この由蔵が呑《の》み込んでおりますよ。奥に参られませ。町内の髪結いを呼ん

でございます」

　由蔵は磐音に奥へ行くよう命じた。するとお店《たな》と奥との境の縁側に女髪結いが待ち受けていた。磐音が初めて見る顔だ。気配に気付いた女髪結いが顔を上げて、眩しそうに磐音を見た。
　二十五、六か。きりりとした細面の女髪結いは、化粧も控えめに、着ている縞《しま》模様も地味だった。だが、滲み出る艶《つや》っぽさがあった。
「神保小路の若先生にございますね」

「それがし、初めて会うたと思うたが」

「お初にお目にかかります。今津屋様に出入りの、恵比須床《えびすどこ》のようにございます」

「宜しゅう頼む」

　羽織を脱いだ磐音は女が指し示す座布団に座った。手際よく手拭いを首筋に巻いた上に、白布でふんわりと磐音を包んだ。衣服が汚れない工夫か。

　今津屋の奥へ出入りする女髪結いは年配だった。その女とおようの顔立ちがどことなく似ているようにも思えた。

「おっ母さんが風邪《かぜ》を引いたので私が代役です」

と磬音の考えを読んだようにおようが言った。だが、その間にも元結《もとゆい》を切り、髷《まげ》を解いて櫛で梳《す》き始めていた。

「そうか、やはり母娘《おやこ》であったか」

「おこんさんとの祝言、おめでとうございます」

「おこんさんを承知か」

「はい。おこんさんとは歳も一緒、奉公に上がられたときから承知しております。おこんさんも私も歳の割には痩せっぽちで、二人が並ぶとよく、爪楊枝《つまようじ》が二本なんて手代さん方にからかわれました」

「立派に成長なされたな」

「私と今小町のおこんさんじゃ月とすっぽんですよ。公方様の御近習《ごきんじゅ》の旗本家に養女に入られるんですもの」

「町人から武家になるためのかたちばかりの装いでな、致し方ないのだ」

「おこんさんはお幸せです」

おようがしみじみと言った。

磬音はその言葉の中に自らの生き方が重ねられているようでただ黙っていた。

結い上げられた髷で奥に顔出しすると、お佐紀が、

「あら、清々しい本多髷《ほんだ》ですこと。さすがは尚武館佐々木道場の若先生にございますね」

と褒めてくれた。

かたわらの揺り籠では一太郎がご機嫌な顔で笑みを浮かべていた。

「お佐紀どの、これより深川六間堀町に参ります」

宜しくお願い申します、と応じたお佐紀には今津屋の嫡男を産んだ女の貫禄が備わって、艶の中に堂々としたものが感じられた。

「小清水屋《こしみずや》どのはいつ小田原から江戸に出て参られますな」

小清水屋右七《ゆうしち》はお佐紀の父親だ。

「そろそろ江戸に姿を見せてもよい頃だと思っております」

「一太郎どのを見て大満足なさいますぞ」

お佐紀が頷き、

「佐々木様が金兵衛長屋から出られて、今度はおこんさんが表猿楽町に養女に入る。それはそれでよいのだけど、一つだけ心残りがあります」

と洩らした。

「心残りですか。なんでございましょう」

「皆さんが深川におられるあいだに、一度宮戸川のお店で名物の蒲焼《かばやき》を食べてみたかったのです」

「そのようなことでしたか。深川から引越したとは申せ、われらと深川との縁が切れたわけではございません。金兵衛どのもおられれば、本所には品川《しながわ》さんも竹《たけ》村《むら》さんも住まいしておられます。お佐紀どの、落ち着きましたらおこんさんともども深川巡りをいたしましょう」

「約束ですよ」

首肯しながら、もう一人、宮戸川の鰻《うなぎ》の約定を果たしていない人物のことを磐音は頭に浮かべていた。

廊下に足音がして、

「船の用意ができているそうです。佐々木様、参りましょうかな」

と由蔵の声が響いて磐音は奥を辞去した。

「まるで嫁入り船ですね」

磐音は浅草御門下の船着場に舫われた船宿川清の屋根船を見て、驚きの声を上げた。新造の船は紅白の布で飾られ、舳先には高張提灯が掲げられていた。

船頭は馴染みの小吉《こきち》ともう一人、若い見習い船頭だ。

「うちの親方とおかみさんがおこんさんの出世だってんでさ、注文していた船を今度のために急がせたんでさ」

「川清さんには気を遣わせましたねえ」

と言いながらも由蔵が鷹揚な態度で新造船に乗り込んだ。続いて磐音も従った。

「昌太《しょうた》、綱を解け」

「へえっ」

二人の船頭が気を合わせて新造の屋根船を神田川に押し出した。

艪《ろ》がしなり、流れに乗ってゆったりと新造船が大川へ向かった。

「これで佐々木様の大川渡りも少なくなりますな」

「お佐紀どのも同じようなことを言われたが、深川と縁が切れるわけではございません」

ふわりふわり
と紅白の布が風に揺れて、屋根船の中を祝いの色に染めた。

神田川から大川へ出ると、今度は船が揺れた。だが、小吉は艪捌きで船の揺れを止め、両国橋を斜めに突っ切るように竪川へと舳先を入れた。

磬音は新造船から河岸道に植えられた柳の枝を見ていた。そろそろ竪川から六間堀の合流部が近付くという頃合い、磬音はその男を久しぶりに見た。

着流しの男も船の中の磬音に気付いたようにこっくりと挨拶した。

職人の格好だがどこかいなせな雰囲気を発散させていた。

「小吉どの、船を岸辺に寄せてくれぬか。それがし、陸路で猿子橋まで参ります」

船頭に願った磬音は、竪川の土手に突き出た棒杭《ぼうくい》と板一枚の船着場に飛んで河岸道に上がった。

男が磬音の様子を見て歩み寄ってきた。この人物と最初に会ったのは冬の加賀金沢城下だった。

「鶴吉《つるきち》どの、帰られたか」

江戸でも三味線造りの名人と言われた三味芳四代目こと芳造《よしぞう》の次男坊鶴吉だ。長男の富太郎《とみたろう》は三味線造りは下手《へた》で、次男坊の鶴吉が名人気質と腕を継承していた。だが、兄弟間の相続争いを嫌った鶴吉は、五代目を兄の富太郎に譲ろうと密《ひそ》かに考えていた。

この一件を芳造は浅草門前の顔役、香具師《やし》の真中《まなか》の玄五郎《げんごろう》に相談した。浅草界隈では名の通った香具師で、土地の人々に慕われる親分だった。

富太郎、鶴吉兄弟には密かに想いを寄せるお銀《ぎん》がいた。一方、お銀は鶴吉に惚《ほ》れていた。

これに真中の玄五郎の倅、長太郎《ちょうたろう》が絡んだ。

長太郎もお銀に密かに懸想していて、お銀を鶴吉の名で竹町ノ渡しあたりの船宿に呼び出し、知り合いの船頭に銭を握らせて屋根船を大川に出させ、想いを遂げようとした。それを知った鶴吉が屋根船に乗り込み、長太郎に小刀で怪我をさせてお銀を助け出した。

この騒ぎの結果、真中の玄五郎は芳造らと相談の上、門前町の御用聞き三喜松《みきまつ》親分に刃傷《にんじょう》騒動を表沙汰《おもてざた》にしないよう願った。玄五郎と芳造らが考えたことは、三味芳五代目に鶴吉を据え、その代わり、お銀は富太郎と所帯を持たせることで決着をつけようとしたのだ。

だが、三味線造りの道具の小刀で人に怪我を負わせ血で汚したことを悔いた鶴吉は、三味芳の五代目もお銀も兄に譲って江戸を離れ、母親の故郷の金沢に向かった。

そこで磬音と出会ったのだ。

時は流れた。

急死した真中の玄五郎の跡目を継いだ長太郎は、人柄を慕われた先代の顔を潰して金貸しや賭場《とば》に手を広げた。玄五郎の法事が終わった後、すでに三味芳五代目を富太郎に譲って隠居をしていた芳造が、長太郎の心得違いを窘《たしな》めた。だが、長太郎は聞く耳を持たず、それから半月もしないうちに、お銀が長太郎の妾《めかけ》になったとかならないとかの噂が流れ、船宿で遊ぶ姿も見られるようになった。芳造が長太郎の妾宅《しょうたく》に怒鳴り込んだ帰り道、長太郎は用心棒侍の丹下《たんげ》朱馬《しゅめ》に襲わせて殺し、さらに富太郎を博奕《ばくち》に誘い込み、破滅に追い込んでしまった。

それを金沢で知った鶴吉は父の仇《あだ》を討つために江戸に戻り、磐音は鶴吉の思いを遂げさせるべく、賭博《とばく》船の手入れに乗じ、父の仇を討たせた経緯《いきさつ》があった。

この仇討ち騒ぎの折り、南町奉行所年番方与力《ねんばんかたよりき》笹塚孫一《まごいち》は、鶴吉に江戸を離れて草鞋《わらじ》を履かせることで、公にはせず決着を付けていた。

磐音とは四年ぶりの再会だ。

「坂崎磐音様から佐々木磐音様に変わられたそうで」

「聞かれたか」

「へえっ、今津屋のおこんさんも川向こうの旗本家に養女に入られるとか。江戸も変わりましたねえ」

　と鶴吉が感慨をこめて呟いた。

「変わったこともあれば変わらぬものもある」

「旦那はお変わりないようにお見受けいたしました」

　磐音と鶴吉は六間堀を行く屋根船を見下ろしながら河岸道を歩いていった。

「金兵衛長屋を訪ねて江戸の変わりぶりを知りました。旦那にちょいとお話ししたいこともございます」

「鶴吉どの、どちらにおられる」

「塒《ねぐら》は厩新道《うまやしんみち》の旅籠《はたご》でさあ」

「木曾屋《きそや》と申したか」

「覚えておられましたか」

「覚えているとも。おこんさんを送り届ければ、それがしの役目は果たせる。会えぬか」

「今宵の夕暮れではいかがです」

「構わぬ」

「竈河岸《へっついがし》の裏路地の飲み屋では」

「新内節《しんないぶし》の名人の親父がやる飲み屋だったな」

「仰るとおりで」

鶴吉の足が止まり、視線が一瞬、屋根船の由蔵に行った。鶴吉は腰を屈めて会釈をすると、
ふわり
という感じで要津寺の境内《けいだい》へと姿を消した。

小吉が船を河岸に寄せ、磐音は再び乗り込んだ。

「どなた様にございましたかな」

「老分どのは会われたことはございませんでしたか。三味芳の次男の鶴吉どのです」

「おおっ、名人と言われた父親、三味芳四代目の仇を見事に討ち果たした御仁でしたな」

「笹塚様の心遣いで鶴吉どのはしばらく江戸を離れ、ほとぼりを冷まして江戸に戻ってこられたのです」

「となると、ちと厄介でございますな」

「二百両ですね」

「そのことです」

三味芳の仇を討つことに絡んで、長太郎が江戸の海に賭博船を仕立てて巨額の寺銭《てらせん》を稼いでいた一件も解決した。その賭場の客は江戸でも知れた豪商の主《あるじ》や大身旗本らで、お目こぼし料としてかなりの額が南町奉行所年番方与力笹塚孫一のもとへ届けられた。これらの金子は南町の探索費として使われ、一文たりとも笹塚の私用には費やされなかった。それだけに、南町奉行牧野大隅守成賢《まきのおおすみのかみせいげん》も笹塚の荒業を黙認していたのだ。

笹塚は、磐音の情報と助けで得た大金の一部の二百両を磐音に与えようとした。その折り、磐音が断ると、

「金は使いようだぞ。そなたの父上が苦労なされておる豊後関前藩は貧乏藩だ。なんぞの足しにするもよし、鶴吉が江戸に戻ってきて、三味芳六代目を継ぐような仕儀に至れば、店を出す費用も要ろう」

と渡してくれた二百両だが、磐音はいったん今津屋に預けた後、藩財政再建中の関前藩に助成していた。

「今宵、鶴吉どのと会います。その折り、鶴吉どのの気持ちを聞いた上でなんとか算段せねばなりますまい」

「あの二百両は鶴吉さんのために下げ渡された金子ではございません。なんの差し障《さわ》りもございませんよ」

「されどこのままでは」

「佐々木様にはそうそう割り切ることもできますまいな」

磐音は苦笑した。

「まあ、その程度の金子ならば旦那様にご相談の上、いつでもご都合いたしますので、あまり思案をなさらぬように。こういうものは、餅《もち》は餅屋に任せることです」

江戸一番の両替商の老分番頭が胸を叩いたが、磐音はただ静かに会釈を返しただけだった。

「そこの、若先生！」

六間堀の北之橋上に幸吉と親方の鉄五郎《てつごろう》が立っていた。

「おこんさんのお迎えですかい。本日はお日和《ひより》も宜しゅうございますね。なんにしても目出度い」

鉄五郎も声をかけてきた。

「幸吉。昨日、おそめちゃんに会うたぞ」

「えっ、おそめちゃんに」

「そなたにもおはつちゃんにも、意地を張ってごめんなさいと詫びてほしいと頼まれた」

「藪入りに戻らなかったことかい。気にするこっちゃないさ。おそめちゃんにはおそめちゃんの考えもあらあ。そうだろ、若先生」

「それでこそ、深川のわが師匠じゃ」

「へっへっへ」

と幸吉が笑い、屋根船は北之橋を潜《くぐ》った。すると風に乗って人のざわめく声が聞こえてきた。

屋根船が中橋下を抜けると、猿子橋には金兵衛長屋の住人やその界隈の人々が鈴なりに出迎えていた。

「金兵衛さん、おこんちゃんの出迎えの船が来たぜ」

とだれかが叫び、

「おこんちゃんの旅立ちかあ」

とその昔、おこんに付け文をした連中の溜息《ためいき》が洩れた。

六間堀の河岸道から大川へ口を開けた路地でざわめきが起こった。

春めいた淡い結城紬《ゆうきつむぎ》に後ろ帯、小さな島田髷《しまだまげ》と、武家へ養女に入るため、地味な装いだった。

それがなんともおこんの清楚さを際立たせて、

「ああ」

という溜息が男からも女からも洩れた。

小吉が新造の屋根船を器用に回して、舳先を来た方角へ戻し、猿子橋の石段下にぴたりと着けた。

おこんの後ろに袴姿の金兵衛が緊張の面持ちでいた。

磐音が石段に飛び、河岸道に上がっておこんを出迎えた。

「お迎えに上がりました」

「佐々木の若先生、ご苦労に存じます。おこんを表猿楽町まで頼みます」

金兵衛が言った。

「金兵衛どの、ご一緒に参られぬのですか」

「父親がいつまでも未練がましく娘の後を追っちゃあいけねえや。それに、川向こうは私にとっちゃあ別世界、深川六間堀猿子橋で見送り納めとしまさあ」

金兵衛が涙を堪《こら》えて言い切った。

「よう、どてらの金兵衛、その言やよし。日本一！」

「頼んだぜ、鰻割きの旦那！」

「おこんちゃん、あんたの故郷は深川の六間堀だよ！」

と男女の送別の言葉が投げられ、おこんは会釈をして磐音に手を引かれ、石段を下りて屋根船に乗り込んだ。

二

屋根船が北之橋に掛かると、宮戸川の鉄五郎親方をはじめ男衆女衆《おとこしおんなし》が総出で、

「おこんちゃん、幸せにな」

「深川にまた顔を見せてくださいな」

と見送ってくれた。

屋根船に座したおこんはそれらの人々に頭を下げて返礼した。

磐音はその中に、品川幾代《いくよ》と柳次郎《りゅうじろう》母子に椎葉有《しいばゆう》が混じり、竹村武左衛門《ぶざえもん》も今日ばかりは神妙な顔で立っているのを見て、黙礼した。

ようやく屋根船の中でおこんが、

「老分さん、私のために見送り役まで務めていただけるとは、努々《ゆめゆめ》考えてもおりませんでした。申し訳ないことにございます」

と武家女の口調で礼を言ったのは竪川に入った後のことだ。

「私がまだ十四のおこんさんに出会うたのは、初夏の昼下がり、西久保城山土取場でしたな。あの日は江戸じゅうが燃えるような暑さで、逃げ水がゆらゆらと立っていました。私はその逃げ水からおこんさんが生まれたんじゃないかと思いましたよ」

と由蔵が遠くを見るような眼差《まなざ》しで答え、磐音は思いがけない話に驚いた。

「はい。私はおっ母さんが奉公していた大身旗本の最上《もがみ》様の屋敷を訪ねあぐねて深川に戻ろうかどうかと考えていたとき、老分さんがどことなく満足そうな顔で日盛りの辻に姿を見せられました」

「私はその最上様から何年越しかの借財の一部をご返金いただき、勇躍、屋敷の門を出たところでした」

「私が最上様のご用人を訪ねていくところだと申し上げたら、当のご用人はすでに亡くなられたと教えていただきました」

「そのときのおこんさんの顔といったら今にも泣き崩れそうで、それでも必死に堪えていた」

　磐音は二人の懐《なつ》かしげな思い出話を驚きの面持ちで聞いていた。今津屋への奉公以前からおこんと由蔵が知り合いだったとは初耳だった。

「あのとき、私は最上様に奉公を願いに行くところでした」

「それを止めたのはこの由蔵でしたな」

「今津屋では、どのような理由であれ得意先の内情を他人《ひと》様に洩らすことはご法度。それを破って、屋敷の中間《ちゆうげん》部屋で賭場が開かれるようなところに奉公したいですかと諭《さと》されました」

「そんな話をしたはいいが、幼い娘さんの夢を踏みにじることになった私は責任《せめ》を感ずるようになりましてな。一年後、体がしっかりしたら今津屋においでなさい、旦那様に願うてどこへなりとも紹介していただきますと約定したのですよ」

　と由蔵が磐音に視線を向けた。

「お二人の間にそのような秘密がございましたか」

「ふっふふふ」

　と笑った由蔵が、

「佐々木様、秘密はこのことではございませんよ」

「ほう」

「あのときからおこんさんは、未だ名も知らぬ、姿も見たことのない坂崎磐音という人物と出会い、生涯連れ添う運命《さだめ》を負うていたのです」

おこんは一瞬訝しげな顔をして、

「あっ！」

と声を発して驚き、

「ほんとうにそうかもしれません」

「で、ございましょう」

あの日、おこんは由蔵と一緒に芝口河岸で辻焼の鰻を食べたのだった。

五年後に出会う人物が深川六間堀町の宮戸川で鰻割きの仕事で食い繋ぎ、それだけでは生計《たつき》が立たず、金兵衛に連れられて今津屋に仕事を頼みに来たのが二人の出会いだった。

由蔵は、おこんと磐音と由蔵の三人は鰻の縁と言っていた。

「それがしだけが二人の秘密からのけ者のようですね」

「いえ、そういうわけではございませんが、これぱかりはいつの日か、おこんさんの口からお聞きください」

「生涯の秘密かもしれませんよ、老分さん」

「他愛ない思い出話でしたな」

と由蔵が昔話に蓋をした。

新造の屋根船は紅白の祝い布を風になびかせながら、大川を越えて神田川に入った。

神田川の最後の橋は柳橋だ。元禄《げんろく》十一年（一六九八）に神田川と大川の出合い近くに架《か》けられた橋で、当初は川口出口橋という無粋な名前で呼ばれていた。橋の両岸には吉原に通う船宿が集まり、川清も柳橋に店を構える老舗《しにせ》の一軒だ。

橋幅はおよそ二十一間。

その柳橋の上に今津屋の小僧の宮松《みやまつ》とおはつが並び立ち、竹笊を抱えていた。

「おこんさん！」

「おめでとうございます」

二人の口から祝いの言葉が叫ばれると、金、銀、赤、白などの紙吹雪《ふぶき》がおこんを乗せた新造船に投げかけられた。続いて、右岸の下柳原同朋町でも左岸の浅草下平右衛門町の河岸道からも、今津屋の奉公人や出入りの客、町内の鳶《とび》の若い衆などが紙吹雪を撒《ま》いてくれた。また川清をはじめ、船宿からも紙吹雪が舞った。

屋根船はきらきらと舞う新春の紙吹雪の中を進んでいく。

おこんはただもう身を硬くして座していた。

「今小町おこんさんの晴れ姿にござい！」

今津屋出入りの鳶の頭《かしら》分の捨八郎《すてはちろう》が、
ちゃりん
と金棒を鳴らして叫ぶと、手古舞《てこまい》姿の娘たちが和し、鳶の衆による祝い唄が両岸からおこんの船に向かって投げられた。

下柳原同朋町の河岸道の中ほどに今津屋の女衆が勢揃いし、一太郎を抱いたお佐紀までおこんの旅立ちを見送ってくれた。

おこんの瞼《まぶた》は潤み、今津屋に奉公した十年が走馬灯のように流れていった。

「えらい趣向でございましたな」

由蔵が船の中に舞い落ちた紙吹雪の一片を指で摘まみ、呟いた。

「老分さんもご存じではございませんでしたか」

「新三郎や女衆が、捨八郎親方と台所の隅で額を寄せてなんぞ相談していたことは承知していましたが、まさかこのような仕掛けとは思いもつきませんでしたよ」

と由蔵が苦笑いした。

浅草御門を過ぎるとがらりと異なる土手の光景が見えた。

右岸には緑の柳原土手が延びて、その内側は郡代屋敷、左岸には出羽鶴岡《つるおか》藩十七万石の酒井様の下屋敷が向き合い、町屋の光景も人の往来も見られなくなって、雰囲気も厳しくなった。

おこんは潤んだ瞼を懐紙で押さえて拭うと、顔をきりりと整え直し、気持ちを切り替えた。新シ橋を越えると柳原土手がさらに高くなった。

「通い慣れた柳原通りも、水上からですと違って見えますな」

と由蔵が土手に咲いた紅梅を眺めた。

増水した折り、上流から流れに乗って流され、この土手に第二の場を見つけたような梅花だった。

おこんは土手に咲く紅梅に目を留めて心を静めていた。

「おこんさん、なにごとも無理をするのは禁物だぞ。分からぬことがあれば和子様にお尋ねすればよいのじゃ」

速水家が近付くにつれ、緊張の度を増したおこんに磐音は言いかけた。

「はい」

おこんの返答は硬かった。

「老分どの、最前の話、おこんさんが今津屋に奉公に上がったのはいつのことです」

磐音はおこんの気持ちを解《ほぐ》そうと再び昔話を持ち出した。

「たしか明和《めいわ》五年（一七六八）の秋でしたな。初夏に寛永通宝《かんえいつうほう》の真鍮《しんちゅう》四文銭の波銭が出回り始めた年でしてな。同じ年の四月には吉原が燃える大火があって、世の男どもは仮見世に押しかけ、ここだけは火事のお蔭《かげ》で景気がいいと噂の頃でした」

「明和五年ですか。それがし、未だ関前城下で木刀を振り回しておりました」

「足掛け十一年。おこんさんが男衆なら、今津屋の屋台骨を背負う番頭になっていたでしょう」

「老分さん、過ぎたお言葉です」

とようやく笑みを取り戻したおこんが、

「城山土取場での老分さんとの出会いがなければ、私は今も深川で暮らしていたかもしれません」

「となれば磐音様との出会いもなかった」

話は結局そこへ行き着いた。

磐音は川の両岸に目をやり、懐に大事に仕舞ってきたものを取り出した。

「おこんさん、過日、豊後関前を出る折り、母がそれがしを部屋に呼び、おこんさんの江戸での武家披露の際に身につけてはくれぬかと言付けたものじゃ。母が坂崎家に嫁入りしたとき、携えてきた懐剣でな、豊前宇佐《ぶぜんうさ》の出の刀鍛冶吉包《よしかね》が鍛造した小さ刀だ」

磐音は紫の布を解くと、錦《にしき》の古裂《こぎれ》の袋に収められた懐剣をおこんに差し出した。

「照埜《てるの》様が私にと下されましたか」

「母の願いじゃ。身につけて速水家に養女として入ってくれぬか」

再びおこんは瞼を潤ませたが、必死に堪え、

「身に余る光栄に存じます。照埜様のお気遣い、有難く頂戴いたします」

おこんは結城紬の胸元に吉包の懐剣を差し込んだ。

「おこんさん、筋違橋を潜りますぜ。昌平橋はすぐそこですよ」

速水家の迎えの乗り物が待つ昌平橋が近いことを船頭の小吉が告げた。

「小吉さん、お世話になりました」

「なんのことがありましょう。深川六間堀界隈も寂しくなろうが、今津屋さんも

なんだか張り合いがなくなるぜ。あの界隈の野郎どもはみんなおこんさん贔屓《びいき》で、だれもが懸想した口だ。おこんさんの伝法な啖呵が、今となっちゃ懐かしゅうござんすよ。おこんさんがお武家様のお内儀になるなんて、滅法寂しいぜ」

「小吉さん、私は本気にしますよ」

「だれもがおこんさんのご出世を喜んでるんでさ。お武家様の屋敷に入っても、おこんさんらしく時には啖呵の一つも切って、周りをすっきりさせておくんなさいな」

「小吉さん、ありがとう」

とおこんが答えたとき、昌平橋の船着場に新造の屋根船が着岸した。

「佐々木様、ここから先のお見送りはお任せします」

と由蔵が磐音に言うと、おこんは姿勢を正し、

「老分さん、なにからなにまでお世話になりました」

と手を突いて別れの挨拶をした。

「おこんさん、この次にお目にかかるときは武家女です。おこんさんならばどの世でも立派に務まります。口はばったいようだが、由蔵の目に狂いはございません。今津屋の二代のお内儀様がおこんさんをそのように育て上げられました」

と最後に念押しした。二代のお内儀様とは、先妻お艶《えん》と後添いのお佐紀のことだ。

おこんは胸に差し込んだ懐剣の柄《つか》にそっと手をやった。

磐音は最初に船着場に上がり、おこんに手を差し伸べた。

「参ります」

おこんが最後に船中に残した言葉は短かった。だが、短い言葉にすべての思いが込められていた。

磐音はおこんの手を引いて石段を上がった。昌平橋際に速水家の女乗り物の紅《べに》網代《あじろ》が控えており、用人の鈴木《すずき》平内《へいない》がおこんと磐音の姿を見て腰を折り、

「お迎えに参りました」

と挨拶した。お女中衆も乗り物のかたわらに四人控えていた。

「鈴木様、お世話になります」

「殿様も奥方様もお待ちにございます」

家紋の入った扉が引き開けられ、老女がおこんを乗り物に誘《いざな》った。

扉が閉められる直前、おこんが磐音を探し、二人は目を合わせた。

（おこんさん、案ずることはない）

（はい）

短い無言の会話でおこんの不安は消え、きりりと緊張の顔が戻った。

陸尺《ろくしゃく》に担がれた網代朱漆棒黒の乗り物が上げられ、ひたひたと若狭小浜《おばま》藩の酒井家上屋敷の門前を通って表猿楽町へと向かった。

その日、磐音がおこんに随行したのは速水家の門前までだ。

用人の鈴木平内は、

「殿もお待ちです。佐々木様、奥へ通られませぬか」

と願ったが、

「それがしの役目は深川からこちらまでの付き添いにございます」

と断ると、式台の前まで運ばれていた乗り物に一礼し、くるりと背を向けた。

あとは磐音のもとに嫁入りするまで、おこんは独りで生きていく。磐音とて手を差し伸べられなかった。

まず速水家の家風に染まり、速水家の娘として佐々木家に嫁入りしてくるのだ。それが武家の仕来りだった。

磐音は表猿楽町から神保小路の尚武館に戻った。

道場から朝稽古の気配が続いていたが、磐音はもはや玲圓は母屋に引き上げていると考え、道場には立ち寄らず母屋に向かった。果たして玲圓とおえいが縁側で茶を喫していた。

「養父上《ちちうえ》、養母上、ただ今戻りました」

「ご苦労であったな」

「おこんさんは無事に速水家の養女に入られましたか」

と二人が口々に言った。

「今津屋が新造の屋根船を仕立ててくれましたので、水上からのんびりと昌平橋まで参り、昌平橋から速水家の乗り物で表猿楽町の屋敷まで送りました」

「道中何事もなかったのですね」

「それが、あれこれと趣向を凝らした見送りが深川でも柳橋でもございました」

と深川や神田川柳橋の賑やかな様子を磐音は語り聞かせた。

「なんとおこんさんは幸せ者でしょうね。それほど大勢の人に見送られるなど、そうそうある話ではございませんよ。私も見物に参りたかったくらいですよ」

とおえいが言う。

「深川も今津屋も寂しくなると、船頭の小吉どのがしみじみ言うておりました」

「おこんさんがわが家に参られるのが待ち遠しいですよ」

とおえいが目を細めた。

「あとひと月か」

玲圓までもが思わず呟いた。

「おまえ様、一度ならず佐々木家はおまえ様の代で終わりと諦《あきら》めましたな。それが坂崎家から磐音を、さらにはおこんさんを嫁に迎え入れて佐々木の家が続く。あの世に参った折り、ご先祖様にどのように言い訳しようかと考えておりましたことが嘘《うそ》のようでございます」

玲圓が大きく頷き、おえいが仏壇に、おこんが速水家に養女に入ったことを報告に行った。

「養父上、道場に顔を出します」

と断って磐音は離れ屋に取って返し、稽古着に着替えた。そしてどことなくざわついた気持ちを鎮めるために道場に向かった。

「おおっ、おこんさんは無事に速水家に入られましたか」

と元師範の依田鐘四郎が磐音を迎えた。

「お屋敷の門前まで送って参りました」

ここでも手短におこんの速水家の養女入りの話をした。

「これでおこんさんも武家の嫁女に一歩近付いたということですね」

「師範、相手をしてもらえませんか。慣れぬことをやるとどうも平静を欠きます」

「若先生もそのような気分になるものですか」

磐音と鐘四郎は門弟が少なくなった道場を独占するかのように打ち込み稽古に集中した。

双方が竹刀を引いたのは四半刻（三十分）の後のことだ。

「師範、お蔭で気分がすっきりとしました」

「それがしはくたくたになった」

と鐘四郎が苦笑いした。

この日、磐音が今津屋を二度目に訪ねたのは夕暮れ前のことだ。店の中にはいつもの忙しさと緊張があった。

「お役目ご苦労さまにございました」

由蔵が帳場格子《ごうし》から挨拶を送ってきた。

「すでに老分どののほうからおこんさんの一件はご報告済みとは思いますが、それがしからもお礼を申し上げたく罷《まか》り越しました」

「旦那様もおられます。どうぞ奥へ」

磐音は三和土廊下から店裏に出ると、中庭を囲んでぐるりと一周する廊下から奥へと通った。すると一太郎の笑い声が響いてきた。

「佐々木磐音にございます。おこんさんの一件、お礼言上に参りましたが、お邪魔ではございませんか」

磐音が廊下から声をかけると、

「佐々木様、遠慮はご無用です。おこんのことは老分さんからおよそのことは聞いております。それより一太郎のご機嫌な顔を見ていってくださいな」

と吉右衛門の満足そうな声が戻ってきた。

三

竈河岸に夕暮れが訪れていた。

磐音は記憶を頼りに狭い路地に曲がった。すると路地の奥から三味線の爪弾《つまび》きが響いてきた。

鶴吉の弾く調べだ。

磐音は足を止めて耳を傾けた。

四年前と音色が変わったと思った。しみじみした想いが爪弾きに込められ、愁いを深めたように思えた。

「鶴さん、おめえさんの来《こ》し方《かた》が見えるようだよ」

飲み屋の親父が思わず洩らした。

「三味線の爪弾きがうまくなったって、どうなるものでもあるめえ」

「いや、三味線に触っていたということは、おまえさんの想いが三味線造りに残っているってことさ」

「どうかねえ」

爪弾きが唐突にやんだ。

路地に佇《たたず》んでいた磐音は歩き出した。

「いらっしゃい」

路地に面して間口二間半奥行き六間ほどの細長い店で、左右の壁に半間の板の間が設けられていた。まだ刻限が早いせいか客は二人で、静かに茶碗《ちゃわん》酒を飲んでいた。

鶴吉は三味線を抱えて、新内節の元名人だったという親父と対面するように板の間に腰をかけていた。

「待たせたようじゃな」

「いえ、こちとらは暇でさ」

と鶴吉が笑い、三味線を紫色の袋に入れて棹《さお》の端を紐《ひも》でくるくると手際よく縛った。三味線は鶴吉の父親、名人と言われた三味芳四代目が造った名器だ。

何年ぶりかに会う店の親父が磐音を見て、

「おまえ様は、神保小路の直心影流尚武館佐々木道場の若先生だってね。いつぞや鶴さんが珍しく客を連れてきたと思ったが、曰《いわ》くがあったんだ」

と言うと、残り少ない白髪《しらが》を小さな髷に結った頭をぺこりと下げ、

「若先生、わっしからもお礼を言いますぜ。ようも鶴さんを、この世に生かしておいてくれました」

「亭主どの、鶴吉どのが自ら選ばれた道であった。それがしはお節介をしたまでじゃ」

「天下の佐々木道場の若先生にちょっかいを出させた鶴さんは幸せ者だねえ」

と親父が言い、奥に行くかと顎《あご》を鶴吉に振った。

「店はそのうち込み合います。奥の小部屋を借りますかい」

と鶴吉が三味線を抱えて、奉公人たちが休む三畳ほどの畳部屋に通った。

膳を挟んで磐音と鶴吉は向かい合った。

「何年も時が流れたとは思えねえや。ゆんべもこうして旦那と酒を酌み交わしていたようだ」

頷いた磐音が、

「だが、確かに時は流れた」

「へえっ」

「鶴吉どの、旅をしておられたか」

親父が盆に燗徳利《かんどっくり》を二本と、小鉢に入れた烏賊《いか》の塩辛を運んできた。二人の盃に黙って酒を満たした親父は、二人だけにするためにすぐに台所に戻っていった。

「六郷を越えて東海道を上り、なんとなく伊勢から熊野路《くまのじ》へ流れて、紀伊和歌山から淡路島を経て四国に渡りました。弘法大師の真似事《まねごと》でさあ」

鶴吉が苦笑いした。

鶴吉が盃に手を伸ばし、磐音も応じた。

「四国八十八箇所の霊場巡りをなされたか」

一連の騒ぎで亡くなった父親や、その昔密かに想いを寄せていたお銀らの菩提《ぼだい》を弔《とむら》うための遍路を成し遂げたのか。

「四国から西国日向《ひゅうが》に渡り、豊後街道から天草、島原、長崎に出て、しばらく異人の匂いがする町にいましたよ」

「よう戻ってこられた」

二人は手にしていた盃の酒をしみじみと飲んだ。

「旦那は姓が変わろうと歳月が流れようと、泰然自若として変わりがねえや。ようやく江戸に戻った気がしましたぜ」

飲み干した盃を置くと、燗徳利を摑んで磐音の盃にまた新たな酒を注《つ》いだ。受けた磐音はいったん盃を膳に置き、鶴吉の盃を満たした。

「よい歳月を過ごしてこられたようだな」

「どうですかねえ」

「いや、鶴吉どのの顔が如実に物語っておる」

「それは買い被りだ」

と苦笑いした鶴吉が、

「この二年、遠州相良《えんしゅうさがら》に足を止めておりましてねえ」

「鶴吉どのの足を止めさせた女性《にょしょう》でもおられたか」

「はあてねえ」

と微笑《ほほえ》んだ鶴吉は、

「蛙《かえる》の子は蛙かねえ」

と自嘲《じちょう》するように照れたが、

「肥前《ひぜん》長崎でしばらく足を止めたと申しましたが、異人の弾くリュートという道具の音に惹《ひ》かれましてね、なんとなく、半年余り逗留《とうりゅう》したんでさ。わっしなりにリュートの胴の仕組みが分かった頃、三味線になんぞ工夫がつかないものかと考えるようになりました」

「ほう」

「長崎を出て山陰路から京に出たところで、三味線造りの名人が遠州相良に隠居しているって話を聞きまして、門を潜《くぐ》ったんでさあ」

「相良は老中田沼意次《たぬまおきつぐ》様のご城下であったな」

「へえっ、三味線造りの名人も田沼様に呼ばれて、相良に終《つい》の栖《すみか》を構えられた方でしてね。これまでの三味線造りの経験を若い人々に教えておられたので」

「道理で鶴吉どのの爪弾きが冴《さ》えるわけじゃ」

「聞かれましたんで」

「路地で聞かせてもろうた。前に聞いたときより、哀切嫋々《じょうじょう》としたなかに軽みも加わり、深い味わいがした」

「褒めすぎだ」

と照れ笑いした鶴吉が、

「さあ、もう一つ」

と磐音の盃を満たした。

「今宵はわっしの来し方が本筋ではございませんでね」

「鶴吉どのはそれがしに話があると申されたな」

「この話、差し障りがありますんで、名を上げられないお方もございます。だが、話は噂の類《たぐい》じゃねえ、すべてわっしがこの目で確かめ、耳で聞いた話なんでございますよ」

「ご政道に関わる話かな」

磐音は老中田沼意次の城下ということを考え、問い直した。

田沼は宝暦八年（一七五八）に一万石の大名に昇進し、相良の地を与えられていた。さらにその後も出世を重ね、明和九年（一七七二）に老中に出世すると相良に新城を築いていた。

磐音の脳裏にそのことが浮かんだからだ。

「ご政道に関わりがあるのかないのか、わっしには分かりません」

磐音は鶴吉の否定に首肯した。

「となると皆目推測もつかぬ」

と磐音は首を横に振った。

「わっしが永の旅で何度も懐かしく思い出したのは、坂崎磐音ってお侍だ。その人の名を相良城下で耳にしたんで、こうして急ぎ江戸に戻ってきたんでさ」

思いがけない話だった。

「わっしが足を止めた三味線造りの名人は、相良城下の外れの大海原を望む松林に、隠居所と道具作りの作業場をお持ちでした。この離れ屋に時折り、城の侍が集まって酒を酌み交わしたり、あれこれ芸談なんぞをしておりました。わっしの師匠もその一人でございましたんで」

鶴吉は話を一旦切ると、空になっていた盃に酒を満たして口に含んだ。

「今からふた月前のことにございましたかねえ」

鶴吉は三味線の胴板を鉋《かんな》で削っていたが、どうも思うようにいかず手を止めた。

気持ちを切り替えようと、作業場を出て浜に向かって歩いた。

駿河の海から吹き付ける風が松林で方向を転じたか、

「坂崎磐音、何者か」

という言葉が鶴吉の耳に入った。

鶴吉は言葉の主を探した。離れ屋に灯《とも》りが点り、障子が開かれて縁側に立つ武家がいた。

その男が座敷の仲間に発した声だった。

鶴吉にとって懐かしい名前だ。

(坂崎様に異変が)

そう思ったときには鶴吉は懐にあった紺地の手拭いを盗人被りにして、袷の裾《すそ》を腰帯に挟み込むと、松林を利用しながら離れ屋に接近していった。

縁側に立っていた武家はすでに座敷に戻り、障子は閉じられていた。

鶴吉は駿河灘《なだ》の潮騒《しおさい》と松籟《しょうらい》に乗じ、離れ屋の床下へとするりと身を入れた。

「先の日光社参を陰で支えたのは、江戸の両替商六百軒の筆頭、両替屋行司今津屋でございます」

床上からくぐもった声が聞こえてきた。

「幕府の御金蔵には社参の路銀はあるまい。当然、町方で都合をつけたのであろう」

「それを取り纏めたのが今津屋吉右衛門にございまして、以後隠然たる力を保持するようになったのです」

「殿にとっては芳しからぬ情勢よのう」

いかにも、と答えた人物は江戸の情勢に詳しい様子があった。

「坂崎磐音と申す人物は豊後関前藩の国家老の嫡男とか」

「なにっ、関前藩の国家老の嫡男じゃと」

「ただ今は浪々の身にて今津屋に親しげに出入りをなし、用心棒の如き役目を負わされております」

「腕は立つのか」

「神保小路の直心影流佐々木道場の門弟とか。これまでも何度かお味方が苦杯を嘗めさせられた人物にございます」

「中条《ちゆうじよう》様は相良でどうしろと申されるのじゃ」

「それがしが西国に旅した理由《わけ》にございます。それがし、この一年前より江戸を離れ、西国一円を廻《めぐ》って武芸の達人に目星をつけ、その者らを選抜いたし、個々と約定を成しましてございます」

「約定とな」

「坂崎磐音と申す人物の暗殺にございます」

「雇うた剣客で坂崎なる者の刺客団を組織すると申すか」

「はい」

「わが田沼家がいかに新進の大名家とは申せ、老中職を務める家柄。坂崎磐音を屠《はふ》るくらい家臣で務まろう」

「中条様の厳命にございます。坂崎磐音を一介の武芸者と看做《みな》すでない。幕閣の中枢部と今も繋がりを持つ佐々木道場、江戸の金融界を束ねる今津屋らと組んで、先の日光社参を陰で支えきった人物である。こやつを生かしておくことは後々田沼家のためならず。なんとしても今の段階で命を絶たねばならぬと申されまして、一年前、それがしに西国派遣を密かに命じられたのでございます」

「ほう、それほどの人物とな」

しばし沈黙があった。

「で、伊坂《いさか》、手練《てだ》れは見つかったか」

「さすが西国は勇武の土地にございますな。それがし、五名の剣術家を選抜いたしました」

「たれか」

「名を聞いたところで身許は分かりますまい。それより、この相良城下にその者らが参ります。その折りにご引見《いんけん》なさればいかがでしょう」

「なにっ、相良にその者らを集めると申すか」

「このひと月以内に、従者を従えた五人が姿を見せます」

「相良城下に集まる理由《わけ》はなんじゃ」

「坂崎磐音なる人物とその周辺を五人に熟知させること。そして、いかなる順で五人に坂崎を襲わせるか、決すること。なにしろ坂崎磐音を斃した者には五百両の褒賞《ほうしょう》が出ますでな」

「五百両か、大した金子よのう。その者らの相良滞在はどれほどと考えればよいな」

「およそ二十日からひと月と見ております」

「宿舎を用意せよと申すか」

「さらに稽古場を」

「そなたも承知のように、わが相良城はただ今築城中、城下も整備がなされておらぬ。家臣団にも未だ屋敷が十分ではない」

「年寄、こやつらの処遇、田沼家の浮沈に関わります。そこを曲げて十全なる仕度をお願いいたします」

「ううむっ」

と廊下に立っていた人物が呻き、しばし重苦しい沈黙が支配した。

「致し方あるまい。なんとか仕度せねばなるまい」

と応じた年寄が、

「伊坂、ちと解せぬ。江戸ではなぜ坂崎磐音に拘《こだわ》られる。放っておいてはいかぬのか。あるいは老中の威光で豊後関前の福坂《ふくさか》どのを呼び付け、そのほうの家臣、江戸にての振る舞い怪《け》しからず、厳しく取り締まれ、と命ずれば済むことではないのか」

「坂崎はもはや豊後関前藩を離れております」

「父親は国家老であろう。ならば父親を通して釘を刺すこともできよう」

また短い沈黙があった。

「正直申して、それがしが聞かされた江戸事情は半分もございますまい。坂崎磐音にはなんぞ知られざる秘密があるやもしれませぬ。それがしの用人庄村《しょうむら》を江戸に遣わし、坂崎の身辺を探らせております」

「そなた、あれこれと早手回しよのう。それにしても江戸と相良、たったの五十九里。近いようで遠いのう」

と年寄と呼ばれている武家が国許《くにもと》の境涯を嘆息した。

「……年寄と呼ばれた武家は相良藩のご用人竜間《たつま》直澄《なおずみ》というお方で、伊坂は相良藩田沼家の剣術指南伊坂秀誠《ひでもと》様でした」

と鶴吉が一旦話を切った。

「なんと、それがしの名が遠州相良で取り沙汰《ざた》されておったか」

「心当たりはございますので」

「鶴吉どののゆえ申し上げるが、ないこともござらぬ」

「やはり」

「だが隠された事情は、このような話を齎《もたら》された鶴吉どのにも説明できぬ」

「構いませんよ。わっしの話はもうすぐ終わります」

とあっさりと応じた鶴吉が再び口を開いた。

「竜間と伊坂の話を聞いて十日後、五組の武芸者が相良入りし、相良城下から南に下った御前崎《おまえざき》の新泉寺の宿坊に分宿したという噂を聞きつけ、ちょいと遠出をして覗きに参りましたが、ご家中の方々が寺を囲んでのえらい警護で、寺の境内に入り込むことすらできませんでした」

「鶴吉どの、無理をせずに賢明であったぞ」

「ですが、中途半端な話では、旦那にかえって迷惑。あれこれ手を考え、日にちばかりが過ぎちまいました」

と鶴吉が苦笑いし、懐から紙片を出した。

「こいつは五人の刺客の名前と流儀でさ。役に立つかどうか分かりませんが、手土産代わりに受け取ってください」

「鶴吉どの、そなたの志、有難く頂戴いたす」

磐音は折り畳まれた紙片を両手で受け取った。

「よくよく考えれば旦那は天下一の佐々木道場の後継に選ばれたほどの達人だ。田舎《いなか》剣士が五人、雁首《がんくび》揃えようと揃えまいと大した違いはないやねえ」

と苦笑いした。

「いや、そなたの苦労、徒《あだ》や疎《おろそ》かにはせぬ」

と応じた磐音は燗徳利を手にして、

「鶴吉どの、長話をさせたな。喉が渇いたであろう」

と言った。

「頂戴します」

鶴吉が美味しそうに酒を飲むのを見ながら磐音は、

「鶴吉どの、そなたは江戸に住むために戻ったと考えてよいな」

と確かめた。

「旅をしてみてつくづく、わっしには三味線造りしか生きる道は残されてないと思い知らされました」

「三味芳六代目の旗揚げと思うてよいか」

「親父があの世とやらから不満を洩らしませんかねえ」

「そなたの腕、芳造どのはとっくに承知じゃ。それとも、初代三味鶴を名乗られるか」

「それも一つの考えにございますね」

「となれば、どこぞにお店《たな》を構えねばなるまい。その資金の目処《めど》、それがし、用意しておったが、よんどころなき事情で他に回してしもうた。しばし時を貸してくだされ」

「えっ、旦那がわっしの店の資金を都合なさると言われるので」

「それには理由があるのじゃ」

と鶴吉が草鞋を履くきっかけになった三味芳四代目の仇討ち騒ぎに絡み、香具師の長太郎が仕立てた賭博船の捕縛《ほばく》によって南町奉行所から二百両の褒賞金が下されたことを告げた。

「なんだ、そんなことですかい。それは旦那のお働きに笹塚様が下された金子だ。わっしには関わりがねえ」

「いや、ある。なんとかせねばな」

と磐音は盃を手に思案した。

四

磐音と玲圓の前に鶴吉からの書き付けが広げられていた。五人の姓名と流儀が記されてあった。

一番手　琉球古武術《りゆうきゆう》　松村安神《まつむらあんじん》
二番手　タイ捨流　河西勝助義房《かさいかつすけよしふさ》
三番手　平内流《へいない》　久米仁王蓬萊《くめじんのうほうらい》
四番手　独創二天一流　橘右馬介忠世
五番手　薩摩示現流　愛甲次太夫新輔《あいこうじだゆうしんすけ》

「一人にても恐ろしき剣術家ばかりよのう」

玲圓が嘆息した。

「養父上、承知の方ですか」

「一人として会うた方はおられぬ。だが、古い剣術家であればたれもが一度ならずその武名に接したことのある方ばかりじゃ。つまりは真《まこと》に現《うつ》し身の方々か、講談の中の勇者のように虚名のみが喧伝《けんでん》された人物なのか判然とせぬ方々ばかりよ。もし生きて剣術界におられるのであれば、古強者《ふるつわもの》ばかりだぞ」

「私が目にした橘右馬介様から類推しても、おそらくは五人共に存命の剣客にございましょう。また田沼家の剣術指南伊坂秀誠が西国を一年かけて探し歩いたという事実に鑑《かんが》みて、まことこの世に生きておられる方々にございましょう」

玲圓が頷き、

「東国の剣術界に知られた方々ではないゆえ、長老の野中様方すら直《じか》に会われたことはあるまいと思うが、一応問い合わせてみよう」

「養父上、ご斟酌は無用にございます。それがし、幻の剣客か現《うつつ》の剣術家か、そのときに備えます」

「だが、古来、敵を知り己を知れば百戦危うからずと申す。努力だけはしてみようか」

玲圓もこの五人がまず磐音を斃すために雇われたと承知していた。尚武館佐々木道場を潰すのは二の次なのだと思っていた。

「田沼様とその側近がいよいよ表立って動き出したは、恐れながら将軍家治様の後継を想定に入れてのことだ」

「いかにも」

二人の脳裏には明晰《めいせき》明敏な西の丸様、家基があった。

ただ今の幕閣を意のままに操り、さらに新たな将軍にまで力を及ぼし続けたい田沼意次にとって、家基の十一代将軍就位はなんとしても阻止したい大事であったのだ。

田沼派にとって磐音抹殺と尚武館潰しは、そのために避けては通れない必須の行動であった。

家基を守護する家治周辺と暗愚な将軍を画策する田沼派は、すでに日光社参を通じて一度ならず暗闘を繰り広げていた。

それが江戸を舞台に再現されようとしていた。

「磐音、こたびの戦い、なんとしても勝たねばならぬ。そのためには佐々木玲圓、一命を賭《と》する覚悟である」

「養父上、もとより私も養父の御命に従います」

大きく頷いた玲圓がしばし沈思して気持ちを鎮めた。そして、おもむろに口を開いた。

「よい折りやもしれぬ。そなたには前々から告げようと思うていた佐々木家の秘事がある。本来ならばそなたと養子縁組をする以前に話し聞かせるべき一事なれど、そなたの心底はこの玲圓しかと承知と高を括り、話せなんだ。今、聞いてもらおう。覚悟はよいか」

「はっ」

と磐音は短く答えた。その力強い一語にすべて気持ちを込めていた。

「まず、徳川家の禄《ろく》を離れたにも拘《かかわ》らず、佐々木家がなぜ御城近くの直参旗本の拝領地の真ん中に道場を開くことを許されてきたか」

この疑問が門弟間で話題になると、いつも最後は、

「佐々木家が忠義を尽くすべきお方は永久に徳川ご一家である。ただ今も、御城と神保小路は目に見えぬ糸で繋がっているのではないか」

という古い門弟の一語で話題に蓋がされたのを、磐音は何度も見聞きしてきた。

「正直申して、佐々木家六代幹基《みきもと》様がなにを理由に直参旗本の職を解かれたか、この玲圓も知らぬ。隠された真実をさらに数十年の歳月が幾重にも覆い隠したゆえな。たれもが疑念を抱くように、御城近くに拝領地を構えることを許された佐々木の存在そのものが、その疑念への答えであろう。徳川家危急存亡の折りに佐々木家の当主は命を賭する、と思うておる」

「養父上、もとより私、その覚悟にて佐々木家に入りましてございます」

「覚悟やよし」

「養父上、佐々木家には六代様より伝わる書き付けか口伝《くでん》がございますか」

「ある、ともいえる。ない、ともいえる」

と玲圓が息を整え、

「仏間に参ろうか」

と磐音を誘った。

夜も更けておえいも寝所に下がり、玲圓と磐音の言動を知る者は他にいなかった。

佐々木家では禄を離れた折り、敷地が一旦平らに整地され、門を入った正面に道場、そして、その背後に母屋が建てられたとか。道場は何度か手が入り、先の増改築で大きく趣を変えていた。だが、母屋はほぼ数十年前の佇まいのままに使われてきたという。

仏間は八畳で、磐音の身の丈を超えた仏壇が黒光りした柱と柱の間に鎮座していた。両開きの扉の幅もたっぷり五尺はあった。

玲圓は仏壇の扉を開き、灯明を点《とも》した。

そして、仏壇の前に磐音と対面するように玲圓が座した。

「磐音、そなたに申し聞かせる」

「承《うけたまわ》ります」

「そなたは先代を直に知らぬな」

「それがしが道場の門を潜った折りには、先代宋達《そうたつ》様は身罷《みまか》られておりました」

うむ、と答えた玲圓が、

「先代は酒がお好きでな、それも大酒飲みであった。その影響か、稽古中に倒れ、一命は取り留めたものの、晩年の三年はおえいに介護されての寝たきりの暮らしであった。左半身が動かず口が利《き》けなくなったのだ。ゆえにわしは、佐々木家の秘命が継承されているかどうか、亡父と直に話す機会はなかった」

磐音が初めて知る佐々木家の秘事だった。

「父が死ぬ数日前のことだ。わしを呼ぶ素振《そぶ》りを見せるとおえいが言うで、父の寝所に行った。この仏間に父は寝ていた」

「この仏間にでございますか」

「当初、父は寝所で寝かされていたが、父が身振りで仏間に寝間を移せと何度も願われた後のことだ。わしが仏間に入ると、父はあの阿弥陀如来《あみだにょらい》を見詰めておられた」

鎌倉の仏師快善《かいぜん》が彫り、建長寺の管主の手で開眼したという阿弥陀如来像だった。

「父の目はすでにうつろで力はなかった。わしは、父が正気かどうか疑うたほどだ。ただ、父の望みに従い、枕辺に夜半まで従うていた。子《ね》の刻限（夜十二時）が過ぎた頃か、口の利けない父が呟かれたのだ」

「言葉を発せられましたか」

「天上に彩雲あり、地に蓮《はす》の台《うてな》あり。東西南北広大無辺にしてその果てを人は知らず。笹の葉は千代田の嵐に耐え抜き常しえの松の朝を待って散るべし」

と玲圓の口から奇妙な言葉が洩れた。

「父が夢うつつに洩らされた言葉を繰り返し考えて、このように受け止めた。わしがこの言葉を復唱すると、父の動かぬ顔に笑みが浮かんだようにも見えた。この言葉、佐々木家の秘事か、あるいは父がすでに朦朧《もうろう》とした意識の中で抱かれた世迷《よま》い言《ごと》やもしれぬ」

玲圓が磐音を正視した。

「よいな、磐音。わしは亡き父の言葉をそなたに伝える。それが父の願いであったと信じてな」

磐音は頷いた。

「これからは、この言葉をそなたが胸に秘めて生きていくことになる」

「養父上、お尋ねしてようございますか」

「なんなりと申せ」

「先の日光社参に際し、われら、西の丸様の影警護をいたしましたが、それはいずこから命ぜられたものでございますか」

「上様の書状が、信頼厚き御近習衆からわしに直に手渡された」

玲圓は御近習の名は言わなかった。だが、父子には容易に察しがつく話であった。

「柳営《りゅうえい》にも、後継者へと一子相伝されるべき秘事がある。家治様の書状はその秘事に倣《なろ》うたものと考え、随行いたした」

「養父上、念を押します。養父上には、先代の残された謎《なぞ》の言葉を解明し実行なさろうとしたことがございましたか」

「ない、なかった。先代も、おそらく先々代もそのような試みをなした者はいまい」

と答えた玲圓が、

「徳川家も八代を迎える頃には綱紀も弛み、開闢《かいびゃく》当初の横溢《おういつ》した武門の緊張も薄れて、世の流行《はやり》に流されていく。神君家康公が百年の大計を以《もっ》て考え抜かれた保全の策とて、処々方々にほつれが見える」

「佐々木家はほつれを繕《つくろ》う家系と申されますか」

「わしはそのように理解して生きて参った」

「ご苦労にございました。今宵より私がその一端を担《にの》うて参ります」

「亡き父の心情が察せられる。あの夜、父は心底に秘めたことを子に伝えたかったのであろう。但《ただ》し、それが正確に伝わり得たかどうか、父は口が利けぬ上に意識ももはや明瞭ではなかった」

玲圓は念を押すように繰り返した。

「宋達様はその後、どうお過ごしにございましたか」

「夜明け、ふと気付くと高鼾《たかいびき》で眠っておられた。時に目を覚ましてたれぞを探すような仕草をなさることはあったが、もはや言葉を発せられることはなかった。謎の言葉を残されて三日目の夜明け、わしは思い付いて父の唇を酒を染みさせた真綿で拭いた。すると目を開けた父が酒に気付いた表情を見せ、赤子が母親の乳を吸うようにちゅうちゅう吸うたと思うたら、大きな息を一つ吐いて眠りに落ちられた。息が絶えたのはそれから四半刻後のことであった」

玲圓は話を伝え終えた様子で仏壇の前で合掌した。

磐音も養父に倣《なら》い、阿弥陀如来に向かって手を合わせた。

その瞬間、磐音はそれまで感じたこともなかった重しが両の肩にあることを意識した。

磐音は母屋から離れに戻ると稽古着に着替え、豊後関前の坂崎家から持ち出した無銘の脇差《わきざし》一尺七寸三分（五十三センチ）と、伝来の備前包平《かねひら》を手に道場に向かった。

暗闇《くらやみ》の尚武館に行灯《あんどん》を一つ点した。

磐音は神棚を前に座禅を組むと、しばし瞑想して心を鎮めた。

（両の肩にずしりと負わされた役目がなんであれ、逃げることなく立ち向かう力を得たい、保持するのだ）

それが佐々木家を継ぐ者に課せられた秘命なのだ。

磐音は静かに立ち上がると包平を腰に差した。

磐音が幼馴染み二人とともに、豊後関前城下の藩道場神伝一刀流《しんでんいっとう》中戸《なかと》信継《のぶつぐ》の門を潜ったのは十二歳の夏だった。

以来、師の信継に教え込まれた剣術の基本の技は磐音の五体に染み付いていた。

磐音は最初に教えられた構えから順になぞり始めた。ゆったりと焦らず、構えと動きを時の流れに委ねるようにして繰り返し、次に進んだ。
膨大にして緻密な技の集積、動きの数々だ。
ひたすら心身を無念無想にして技を続けた。
どれほどの刻限が流れたか。
道場の一角に何者かが潜んでいることを磐音は無の動きで感じた。
だが、磐音は心を平らかにして動きを止めることはなかった。
ひときわ深い闇が朝に向かって、
ことり
と時を進めた。
その瞬間、道場に気配を消して潜む者が、
「ふうっ」
と息を吸った。
磐音はその気配に体を向けた。
「どなた様にございますな」
答えはしばしなかった。
「尚武館道場、昼夜を舎《お》かず来るものは拒まず、それが佐々木家の慣わしにござる。だが、道場に入りし者、礼儀を以てこれに応えるは、武門に生きる者ならば当然の心得にござろう」

「いかにもさようかな」

行灯の灯りが届かぬ道場の隅からゆらりと立ち上がった気配がして、灯りに向かって歩いてきた。

何度も水を潜ったと思《おぼ》しい久留米絣《くるめがすり》に軽衫《カルサン》を穿《は》き、塗笠《ぬりがさ》を被っていた。

歳の頃は五十半ば、身の丈は五尺六、七寸か。

「平内流久米仁王蓬萊にござる」

「佐々木磐音にございます」

相手が頷いた。

「ご用件を伺いましょう」

「江都でも名高き尚武館を外から見んものと神保小路に入り込み、どなたかが深夜の稽古に没頭される気配に、つい忍び入ってしもうた。許されよ」

「さようでしたか」

「さすがは武名高き直心影流佐々木玲圓どのの後継、見事な腕前と感服いたした」

「恐れ入ります」

「稽古の邪魔をいたしたこと、重々詫び申す。許されよ」

と告げた久米が道場から立ち去ろうとした。

その背に磐音が言葉の矢を放った。

「久米様、そなたは何番手の刺客《しかく》にございますな」

背を向けかけた久米の動きが止まった。

「問いの意が分かりかねる」

「遠州相良城下外れ新泉寺に五人の武芸者が集まられたは、およそひと月前でしたか」

「しゃあっ」

という驚きとも罵《ののし》りともつかぬ言葉が久米から洩れた。

ゆらり
と久米が磐音に向き直った。

「そなた、それを承知か」

「この戦い、今に始まったことではござらぬ。剣に生きる者が御政道に関わるべきではございませぬ」

「佐々木家はどうか」

「この家系に課せられた運命《さだめ》にございます」

「そなた、そこまで承知で佐々木家の後継となったか」

「人それぞれ生きる道がございます」

「潔いと褒めておこうか」

「久米様、お抜けなされ」

「武芸者が一旦約定いたしたものを反故《ほご》にできようか」

久米が左足を広げ、柄に手をかけた。

「それがし、籤《くじ》は三番手にござった。だが、橘どのに話を伺い、つい神保小路へと足を伸ばしたのが順番を変えることとなった」

「決着を付けると申されますか」

「致し方あるまい。そなたと剣を交えてみたいという願いもござってな」

「避けられませぬか」

「どちらが生き残ろうと、剣術家の勝負に憐憫《れんびん》情けは無用にござる」

「生死のみが決着と申されるか」

「いかにも」

久米が剣を抜き、右肩の横手に斜めに倒して構えた。

異様なる構えだった。

刃渡り二尺五寸余か。切っ先五、六寸で反りが異常に強いのは、薙刀《なぎなた》を刀に鍛え直したせいか。

磐音も納めていた包平を抜いた。

正眼の構えだ。

行灯の灯りは二人の横手にあった。そのせいで久米の右側が闇に沈み、磐音の左には光が届いていなかった。

間合いは一間半。

つうっ
と久米が間合いを縮めて一気に半間とした。

磐音は動かない。

「参る」

久米仁王が宣告すると再び間合いを詰める感じで大胆にも踏み込み、右肩の横手に斜めに倒して構えていた剣を迅速の勢いで大きく弧に振った。

尚武館の夜気がびりびりと震えるほどの凄《すさ》まじい斬撃《ざんげき》だ。

行灯の光も揺れた。

だが、磐音は、
そより
と反りの強い刀の内側に入っていた。

殺気を放つどころか長閑《のどか》な微風《そよかぜ》が吹き渡った感じだった。

久米の胴斬りが迫り、磐音の正眼の包平がそのまま差し伸べられて久米の喉下を襲っていた。

ぱあっ
と血飛沫《ちしぶき》が久米の喉から上がり、磐音の体が横手に流れて久米の胴斬りを避けた。

勝負は一瞬にして非情の結果を見せた。

立ち竦んだ後、ゆらゆらと体を揺らした久米が、膝から力が抜けたようにその場に崩れ落ちた。

新たな五番勝負の始まりであった。

第四章　三昧芳六代目

一

磐音は玲圓と相談の上、御側御用取次の速水左近に使いを走らせ、直参旗本を監察する御目付屋敷にこの事実を知らせることにした。

その結果、久米仁王の亡骸《なきがら》は御目付屋敷に運ばれ、武芸者同士の尋常な勝負として内々に処理されることとなった。

速水の尽力もあって事が一応の決着を見たのは、その日の夕刻であった。

翌日、磐音は朝稽古の後、尚武館を出た。

神田川を筋違橋で渡ると下谷御成道に入り、下谷広小路の上野北大門町裏手にある読売屋を訪ねたのだ。

間口一間半あるかなしかの店先で、眼鏡《めがね》をかけた初老の主《あるじ》が筆を握って呻吟《しんぎん》していた。辺りには書き損じの原稿やら売れ残った読売が山積みになって雑然とした印象だ。

老人は名文をひねり出そうと頭を捻《ひね》っている様子だ。

「ご免」

「はっ、はい」

老人が顔を上げた。皺《しわ》くちゃの顔の唇の端に墨が付いているのは、筆先を嘗める癖のせいか。

「どなた様で」

「それがし、神保小路の佐々木磐音と申す」

老人が、ごくりと唾《つば》を呑んだ気配があった。

「じ、直心影流尚武館道場の若先生で」

「さよう。楽助どのはおられるか」

磐音の声に奥から飛び出してきた男がいた。手に茶碗と箸《はし》を持っているところを見ると昼餉《ひるげ》でも食していたか。

「若先生、すまねえ。あの話、未だ読売にしてねえんで」

「苦労しておるようだな。昨日の未明にも道場で新たな騒ぎがあったで知らせに参った」

「なんですって」

楽助が狭い板の間にぺたりと座り、筆の老人が身を乗り出した。

磐音は、平内流久米仁王の道場潜入と、自分との勝負だけを語った。

「若先生、わざわざこの一件を知らせにうちまで来られたので」

「迷惑かな」

「なんの、迷惑ということがありましょうか」

と老人が答え、

「私は楽助の主、読売屋の朝右衛門にございます。こたびの一件、佐々木大先生と若先生とのお約束を反故《ほご》にしたかたちで、私ども読売屋としてはなんとも面目《めんぼく》次第もございません」

と言い訳した。

「事情は分かっておるつもりじゃ」

「若先生、この話、たれも知らない話なんで」

「朝右衛門どの、御目付屋敷には内々に届けてある。そなたらに注文が付くことはあるまい」

「書いてもよいということですか」

「食指が動くとなればな」

「尚武館には迷惑がかからないので」

「すでに迷惑はかかっておる。また将軍家のお膝元をこれ以上騒がすのも恐れ多い。ゆえに養父《ちち》と話し合い、久米どのに続く刺客を牽制しようと思うたまでじゃ。読売に載り、あまねく江戸の人に知られれば、そうそう尚武館に勝負を挑む者はいまい」

「久米様の他に剣術の達人が控えておられるのですな」

「いかにも。流儀も姓名も分かっておる。四人じゃ。いずれも古今東西の剣術の達人に匹敵する方々だ」

磐音は懐から書き付けを出してみせた。

「若先生、この四人はたれぞに雇われていると考えてよろしいので」

朝右衛門が密やかな声で念を押した。

磐音が平然と頷き、

「久米どのを含め、五人の剣術家が呼び集められたのは遠州相良」

と答えると、
ごくり
と朝右衛門の喉がまた鳴った。

「こっちの皺首が飛ぶ話ですな。先の話と繋がりがございますので」

いかにも、と頷いた磐音が言った。

「だが、こたびの五人、並の相手ではない。先の道場破りとは比べようもない」

「それほどの腕前で」

「養父上もそれがしも、勝ち残る保証《あて》はどこにもない」

朝右衛門がしげしげと磐音を見た。

「さすがは江都一の佐々木道場の後継だねえ。そう言いながらも、動じてねえや」

と楽助が、未だ茶碗と箸を持った格好で呟いた。

「楽助、これはな、そんな生半可な話じゃないぞ。若先生は読売屋を潰す気だ」

「あるいは大化けする話になるやもしれぬ」

「若先生の心魂が奈辺にあるか、この朝右衛門にも今一つ読めねえ。だが、うちを使って夕の字の企てを失態に追い込もうと考えておられることは確かだ」

「書く書かぬは、そなたら読売屋の肚一つだ」

磐音の言葉に楽助が、

「親父、ここは一番、江戸っ子の肚の見せどころだぜ。五月の鯉《こい》のぼりのように、はらわたなしかどうか、勝負の時と思うがねえ」

「ふーうっ」

と朝右衛門が唸り、

「若先生、夕の字についてはぼかしてようございますな」

「筆加減はそなたの領分」

「尚武館の真の意図は、残った四人の動きを牽制するといいながら、挑発しているように思えるが、そう受け取っていいんですかね」

「そなたの考えをどうこうしようという気はさらさらない」

「親父、若先生は大川の夏の花火のように、どーんと派手に打ち上げよと唆《そそのか》してるんだぜ」

「江戸っ子が喜びそうな話だが、懐にざくざくと小判を抱えてあの世に行くのもなんだな」

と朝右衛門が思案した。

「あとはそなたの決心一つじゃ。それがし、これにて失礼いたす」

磐音は辞去の挨拶をすると、読売屋の狭い店から裏道を通り、下谷広小路に出た。

半刻《はんとき》（一時間）後、磐音の姿は駿河台富士見坂の豊後関前藩の上屋敷にあった。

門番が磐音に気付き、

「これは坂崎様」

と国家老の嫡男の磐音に旧姓で呼びかけた。

「物産所組頭、中居《なかい》半蔵《はんぞう》様にお目にかかりたいが、ご都合を伺うてもらえませぬか」

「畏まりました」

門番が敷地内に建てられた物産所の建物に走っていった。しばらく待たされるうちに、磐音は屋敷のあちらこちらに手が入り、小まめに造作が繰り返されているさまを認めた。このことは、取りも直さず関前の藩財政が好転したことを示していた。

数年前までは江戸屋敷に久しく作事方や庭師が入ったこともなく、小者《こもの》で心得のある者がそれなりに手入れをして、大名家上屋敷の体面をなんとか保っていた。そんなふうに取り繕った屋敷の佇まいとは雲泥《うんでい》の差だ。

陽に焼けた若侍が走ってきた。

「おお、遼次郎《りようじろう》どのではないか」

「磐音様、船に先立ち、それがし、陸路で昨日江戸入りしたところにございます。本日にも磐音様にお目にかかろうと考えておりました」

「江戸勤番が許されたか」

井筒《いづつ》遼次郎の兄源太郎《げんたろう》は、磐音の妹伊代《いよ》の亭主だ。そしてこの遼次郎は、磐音の義弟であった。

「江戸屋敷での勤番奉公と尚武館での剣術修行が許されました」

「それはなにより」

「中居様もお待ちです」

と遼次郎が磐音を物産所に案内した。

中居半蔵は忙中閑の様子で、長閑にも庭に降る新春の陽射《ひざ》しを見ながら茶を喫していた。庭から梅の香りが馥郁と漂っていた。

「久しぶりじゃな、若先生」

「中居様もご壮健の様子、なによりにございます」

「おこんさんは速水家に入られたようだな」

「一昨日、屋敷まで送りました」

「あとひと月の辛抱だな」

　頷いた磐音が、

「船はいつ入るのですか」

「もうそろそろ佃島《つくだじま》沖に碇《いかり》を下ろしたという知らせがあってもよい頃だと、こうして待機しておるところだ。遼次郎の報告では海産物の出来がよいとのこと、楽しみにしておる」

「過日、若狭屋の義三郎どのにお目にかかりましたが、あちらも楽しみにしておられましたよ」

「おお、そうか」

　半蔵が相好を崩した。

「磐音様、関前は変わりがございませぬ。ご家老も皆様もご壮健にお過ごしです」

「そなたの兄者《あにじゃ》も息災か」

「はい」

と答えた遼次郎が、

「伊代様が懐妊なされた由《よし》にて、坂崎家でもうちでも大騒ぎで、赤子の産着などを用意されております」

「それは目出度い。源太郎どのと伊代の間に子が生まれるか。よい話を聞かせてもろうた」

遼次郎が頷いた。

「遼次郎は江戸勤番二年を予定しておる。明日にもそれがしが遼次郎を伴い、尚武館を訪れるところであった」

半蔵が言った。

「遼次郎どの、覚悟はできておるな」

「はい」

十九歳の若侍の返事は潔かった。

「遼次郎、そなた、ゆくゆくは磐音が去った坂崎家を継ぐ身じゃ」

「はい」

「関前の中戸信継先生は病の上に老いられた。尚武館の稽古は、中戸道場の比ではないぞ。覚悟いたせよ」

「はい」

「遼次郎、今一つ分かっておらぬようだな。尚武館佐々木道場は今や江都一の剣道場じゃ。直参旗本から各大名家の腕自慢やら偉才俊英が雲集しての猛稽古は府内に鳴り響き、他の道場は顔色なしじゃ。生半可な気持ちでは務まらぬ」

「中居様、兄にも何度も念を押されて江戸に出て参りました。その昔、磐音様や小林琴平《きんぺい》様、河出慎之輔《かわでしんのすけ》様が修行をなされた道場にございましょう。私めも必死に喰《く》らいついて磐音様に認められるようになります」

遼次郎の顔が緊張と興奮に紅潮していた。

「うーむ」

と半蔵が遼次郎を見た。

「中居様、あまり先々のことを案じても致し方ございますまい」

と磐音が言い、

「遼次郎どの、関前藩からも何人か朝稽古に出よう。明朝の朝稽古から始められぬか」

「佐々木玲圓先生のお許しを得なくてようございますか」

「稽古の後に引き合わせる」

「参ります」

遼次郎の即答に磐音が頷いた。

「ところでそなた、ご家老からの文でも着いておらぬかと、様子を見に参ったか」

と半蔵が磐音に尋ねた。

「遼次郎どのに会うた嬉しさに、大切な用事を忘れるところでした」

「なんだな」

「ちと金子を拝借いたしたいのです」

「そなたには今津屋も佐々木家もついておる。未だ借金の残るこの関前藩に金を借りに来たとは珍しいな。何に使う気だ」

半蔵の言葉とは裏腹に余裕の表情だ。

「昔話になります」

と前置きして鶴吉の一件を告げた。

「おお、そのようなこともあった。南町の笹塚様からそなたが褒賞に頂戴した二百両、当家の物産買い付けの資金にそなたが無償で差し出し、こちらは厚かましくも流用したままであったな。あの二百両になにがしかの利息を付けて、返済いたさばよいか」

胸算用があるのか、半蔵は鷹揚にも磬音に問うた。

「あの二百両は二百両、すでに事が終わった金子にございます。本日は別に借用できるかどうか尋ねに参ったのです」

「そなたらしい理屈じゃな。ところで、三味線造りのお店を開くのにいかほどの金子がいるものかのう」

「はてそれは」

「そなたらしゅうもないな。まず鶴吉なる者と話し、そのようなお店を探した上で作事にいくら、道具にいくら、三味線の用材にいくらと弾き出すのが先ではないか」

「いかにもさようです。それがし、まずこちらの意向を伺うてと思うたまでにございます。いかほどかがはっきりとしましたらまた相談に上がります」

「裏長屋暮らしの坂崎磬音が江都一の尚武館の後継佐々木磬音になっても、貧乏性は変わらぬな」

と半蔵が破顔した。

次に磐音が立ち寄ったのは竈河岸の飲み屋だ。

刻限も早いせいか鶴吉の姿もなく客もいなかった。

「若先生、鶴さんはまだですぜ」

「参られようかな」

「ここんとこ昼間に顔を出して、夜はご無沙汰なんで」

「久しぶりの江戸ゆえ会いたい人もいよう」

と言う磐音を親父はじいっと見ていたが、

「わっしが思うところ、鶴さんは若先生の役に立ちたいてんで、動き回っているような気がいたします」

「なに、それがしのために働いておられるとな」

「そう見ましたがねえ」

となると、橘右馬介らの塒《ねぐら》を探すために田沼屋敷を見張っているのであろうか。

鶴吉のことだ。そう簡単に敵の手に落ちるはずもないと磐音は思ったが、橘らが尋常な剣客ではないだけに気にかかった。

磐音は壁の左右に細長く延びた半間の板の間に腰を下ろした。

「酒をお持ちしましょうか」

「一人で飲んでもつまらぬ。商いの邪魔をするようだが、少し教えてくれぬか」

「鶴さんのことですかえ」

「鶴吉どのは三味芳六代目を継ぐため江戸に戻ったと、それがし、勝手に思い込んでいるが、鶴吉どのの真意をどう思われるな」

「わっしもそう思っております。だが、鶴さんは親父の名跡を継ぐか新しい名を興そうか迷っているんじゃありませんかえ」

親父は磐音が考えていたことと同じ意見を述べた。

「親父どのの名を継ぐにしろ新しく名を興すにしろ、江戸に三味線造りの名人が戻ってきたことだけは確かなことのようじゃ。親父どの、鶴吉どのには店開きする土地の当てがあるのであろうか」

「花川戸《はなかわど》が鶴さんの生まれ育った町ですよ。わっしが鶴さんなら、花川戸で新規の工房を構えるね」

「そうか、鶴吉どのは花川戸の出であったな」

「あいつが懐かしむ江戸はこの界隈じゃねえ。浅草門前から山谷《さんや》堀辺りの町内でございますよ」

と念を押すように言い足した親父が、

「あいつは、わっしにも若先生にも言ってねえようだが、女房を連れて江戸に舞い戻っているんじゃありませんかねえ」

親父の思いがけない言葉に磐音は虚を衝《つ》かれた。

「そうであっても不思議はないな」

「なんとなく女の影がするんでさあ」

「となると、いよいよ江戸に落ち着いて三味線造りに精を出してもらいたいものじゃな」

磐音の言葉に親父が頷いた。

「親父どの、思い付いたことがある、今宵はこのまま戻る。鶴吉どのがこちらに顔を出したら、神保小路の尚武館になるべく早く顔を出すよう言うてもらえぬか」

へい、と親父が請け合った。

二

浅草花川戸町は浅草寺《せんそうじ》の東側にあって、浅草寺領域として知られていた。花川戸の由来は、桜並木があって、その渡しを花方渡しと言ったからとか、桜の河岸に渡るからとの説があった。

磐音は薄暮の浅草御蔵前通りから続く道をそぞろ歩いた。

浅草寺の寺中の東に位置する通りだ。表店《おもてだな》もあったが職人町の雰囲気も残していた。

磐音は鶴吉が育った夕間暮れの日光道中の両側町をぶらぶらと歩き、待乳山聖《まっちやましょう》天宮《でんぐう》を西から上がった。

本堂前で秘仏歓喜天《かんぎてん》に手を合わせ、賽銭《さいせん》を入れた。

暮色が濃くなった浅草御蔵前通りから山谷土手にかけて駕籠が行き、大川の右岸に猪牙舟の灯りが見えた。言わずと知れた北州《ほくしゅう》の遊里に向かう客らの乗り物だ。

さらに西北に目を転ずれば、宵の空に万灯の灯りが煌々《こうこう》と輝いて見えた。

磐音はゆっくり山谷堀へ下ると、土手八丁から見返り柳の辻《つじ》を目指した。

山谷堀の流れから吹き上げる風にもはや冬の寒さはない。そこはかとなく梅の香が漂う土手八丁を見返り柳まで歩くと、衣紋坂《えもんざか》には遊び仲間と待ち合わせる男らが何人も、三ノ輪や今戸橋の方角を眺めていた。

吉原大門《おおもん》に続く衣紋坂から五十間道の両側には引手《ひきて》茶屋が軒を連ね、女衆《おんなし》や番頭が贔屓の客を待ち受けていた。

磐音はそんな艶《えん》を湛《たた》えた道を大門前へと下った。下りながら蔦屋の狭い店先を覗いたが、吉原土産《みやげ》を買い求める客がいるばかりで、主の蔦屋重三郎の姿はなかった。

清掻《すががき》が、気だるくも遊客の心を擽《くすぐ》るように響いてきた。

大門前では駕籠で乗り付けた遊客が最後の身嗜《みだしな》みを整えていた。

大門を潜った磐音の目に、吉原会所の頭取《かしら》四郎兵衛が若い衆を伴い、今しも廓《くるわ》内《ない》巡察でもする様子で待合の辻に立っているのが見えた。

「四郎兵衛どの、お仕事のようですね」

「おや、尚武館の若先生、私もそなた様に使いを立てるかどうか考えていたところですよ」

と笑いかけた四郎兵衛が悪戯《いたずら》っぽく言った。

「奈緒様の一件で吉原に馴染みがあるとはいえ、佐々木様は吉原をそう知ってはおられますまい。いかがです、久しぶりに私らと一緒に廓内見回りをなさいませんか」

「よろしいので」

「夕暮れどきの見回りは慣わしのようなもので、正月も藪入りも無事に済んだ今、吉原はなんとのう次の紋日を待つ日々です。そぞろ歩きながらお話しいたしましょうか」

「お供いたします」

「佐々木様をお供に従えて四郎兵衛、これ以上心強いことはありませんよ」

四郎兵衛と磐音が肩を並べ、若い衆が後ろに従っての見回りになった。

「佐々木様のご用件から伺いましょうか。先日の一件ですね」

「いえ、それが」

磐音は立て続けの相談に言いよどんだ。

「この四郎兵衛を頼りにする用が重なりましたか」

「四郎兵衛どのは、三味芳と呼ばれた三味線造りの名人をご存じですか」

「ほう」

と言って四郎兵衛が磐音を見た。

折りから清掻の調べがざわめきに乗って聞こえてきた。

「四代目芳造の手になる細棹《ほそざお》の音は高く澄んで清掻には欠かせぬ名人でしたがな、何年も前に非業の死を遂げて三味芳の名も消えましたな」

「はい」

と頷いた磐音は、奈緒探しの旅の最中、加賀の金沢で出会った三味芳四代目の次男坊鶴吉との出会いから交友をざっと語った。

「佐々木様はなんとも面白いお方ですね。鶴吉とも付き合いがございましたか」

「四郎兵衛どのは鶴吉どのを承知ですか」

「顔を合わせたことはございません。ですが、三味芳五代目は鶴吉という評判を何度か聞いた覚えがございます。その鶴吉が江戸に舞い戻っておりましたとは」

頷いた磐音に、

「三味芳の店は元々二代目まで聖天町にありましてね、吉原とも繋がりが深うございましたよ」

浅草山之宿から、浅草聖天町と浅草金龍山下瓦町へと分かれる日光道中を、土地の人は、

「三つ股《みまた》」

と呼んだ。

鶴吉の先祖が元々住んでいた聖天町は南北三丁三十間余、東西二丁十五間の広さで町奉行支配下だ。この地内では八幡黒《やわたぐろ》鼻緒、天鵞絨《びろうど》鼻緒、色真田《いろさなだ》鼻緒などの卸屋、問屋が軒を連ねていた。花川戸より断然吉原に近い。

「四代目が手がけた三味線は今も大事に吉原で使われているはずです」

「それがしは、鶴吉どのに再び江戸で三味線造りに励んでほしいと思うております。もし、鶴吉どのが新たな暖簾を掲げるとしたら、芳造どのがその腕を発揮していた花川戸がよいかと、お節介にも見に来たのです」

「佐々木様はお人がよすぎるのが欠点かもしれませぬな。ですが、この四郎兵衛にも嬉しい話です」

と四郎兵衛は言うと、仲之町から角町へと曲がり、磐音を奥へと導いていった。

「四代目三味芳の花川戸の店は、香具師《やし》の真中の玄五郎の馬鹿息子の手に一時渡ったあと、今では豆腐屋が買い受けて、土地でも評判の白雪豆腐を拵えていますよ」

磐音の頭に四代目の店はどうかという考えがないこともなかったが、これでその線はなくなった。

「ですが、聖天町の昔の三味芳の入っていた表店は、確か売りに出ていたはずですよ。あそこなら花川戸より間口も広いし、なにより吉原に近うございます。鶴吉が戻ってきたとなれば吉原の芸者衆も贔屓にしましょう」

四郎兵衛が後ろを振り返って、

「辰三郎《たつさぶろう》、たれの持ち物か、いくらで売りに出されているか調べてきてくれ」

と命じられた若い衆が、へえっ、と畏まって片手で裾を摑むと小走りに仲之町へと戻っていった。

「迅速なるお手配恐れ入ります」

「確か二代目が聖天町から花川戸に移ったのは、病に倒れたかみさんの治療代を浮かせるためだと聞いたことがございます。三味芳は西方寺門前聖天町が似合いますよ」

と磐音に言った四郎兵衛が、

「ちょいと吉原の闇を覗いて参りましょうかな」

と羅生門河岸《らしようもんがし》と呼ばれる切見世《きりみせ》への木戸口を潜った。すると急に辺りから灯りが消え、饐《す》えた暮らしの匂いが漂ってきた。

溝板道《どぶいた》を挟んで間口四尺五寸の見世が並んでいた。

すうっ
と白粉を塗った手が伸びて、磐音や四郎兵衛の袖や手を摑もうとした。

「お女郎、会所の四郎兵衛ですよ」

「なんだえ、見回りかね。刻限が違ったからさ、間違えたよ」

煙草の吸い過ぎか、ががら声が答えた。

「おみつ、ちと頼みがある」

「なんだえ、お頭取」

「昔とった杵柄《きねづか》、自慢の三味芳で、さわりを聞かせてくれないか」

「お頭取、酔狂かえ」

「おお、酔狂心が言わせた言葉だ」

「近頃とんと触ってないよ」

と言いながら、狭い戸口の向こうでおみつと呼ばれた遊女が三味線を持ち出した気配があって、音締めがされた。

「ふうっ」

と小さな息が吐かれ、羅生門河岸の暗がりに三味芳四代目の作った三味線の調べがとつとつと響いた。

吉原の夕暮れ、客を迎える清掻の調べだ。

磐音は楽の音にも三味線のよし悪しも区別がつかなかったが、しばらく弾かなかったという局見世《つぼねみせ》女郎の爪弾く調べが胸の奥へと染み込んで、物悲しくも切なかった。

ふいにやんだ。

「お頭取、四代目の三味線は変わりないが、こちらの腕が錆《さ》びくれちまったよ」

「おみつ、無理を強いたな」

四郎兵衛が暗がりに一分を投げ込んだ。

磐音らは京町二丁目へと抜けて、灯りの世界に戻ってきた。

悲鳴が上がった。

四郎兵衛に従っていた若い衆二人が機敏に悲鳴に向かって動いた。張り見世の遊女を冷やかす男らが、さあっと散った。

すると小見世から、着流しの浪人が加賀《かが》友禅《ゆうぜん》の裾を乱した女郎の手を引き、抜き身を下げて飛び出してきた。

「お客人、落ち着きねえ」

会所の若い衆が大手を広げて立ち塞がった。

「邪魔立ていたすな」

浪人の両の眦《まなじり》は吊《つ》り上がり、形相が変わっていた。

反対に若い女郎の顔には恐怖の色があった。

「ここは刀を振り回して意を通すところじゃございませんや。粋と見栄と張りの遊里、刃傷《にんじよう》は野暮の骨頂ですぜ」

若い衆が浪人の下げた刀の腕を摑もうと歩み寄った。

その瞬間、浪人の刀が翻り、胴をいきなり斬りつけてきた。

「や、やりやがったな」

と叫びながら若い衆がその場に転がった。

磐音の背後に控えていた若い衆が無言で飛び出そうとするのを磐音が制し、四郎兵衛の顔を見た。

「お願いいたします」

磐音はつかつかと浪人の前に進み出ると、

「そなた、こちらのお女郎に惚れられたか」

と長閑な口調で問うていた。

じろり
と血走った眼が磐音を睨んだ。

「惚れたお女郎が怪我をしてもいけませぬ。刀を捨てなされ」

「邪魔立ていたすと斬る」

「ほう」

と磐音が応じた。

浪人に斬られた仲間を朋輩《ほうばい》が助けてその場から離すのを、磐音は目の端に留めた。その様子を見届けた四郎兵衛が、

「お客人、刃傷はいけませんな」

と諭すように口を添えた。

「私は吉原会所の四郎兵衛と申しましてな、ご不満があれば会所でお伺いいたしましょうかな」

「煩《うるさ》い。留め立ていたすとたれかれなしに斬る」

「それはご無理というものだ」

四郎兵衛の平然たる言葉に浪人が、

「なにっ！」

と形相もの凄《すご》く四郎兵衛に迫った。

磐音がさらに間合いを詰めた。

「おまえ様の前にお立ちの方は、神保小路、尚武館道場の若先生ですよ。失礼ながらおまえ様の腕では恥をかくだけだ。およしなされ」

「直心影流の佐々木道場だと」

「流儀までご存じですか。ならばなおさらだ」

「言うな」

摑んでいた女郎の片手をふいに引き回すと磐音の前に転ばした。そして、刀を振り回して仲之町へ独り駆け出そうとした。

そより
と磐音の体が、振り回される刀の前に戦《そよ》ぎ、刀を握る右腕を下からと上から挟み込んで摑むと腰車に乗せ、
ふわり
と相手の体を虚空に飛ばして地面に柔らかく叩きつけ、片膝で背中を押さえると刀を奪い取った。

一瞬の技だった。

「若先生、かたじけねえ」

会所の若い衆が浪人の手を捻《ひね》り上げ、動きを奪った。

磐音は浪人の抜き身を片手に立ち上がった。

「お頭取」

騒ぎを引き起こした小見世の番頭が青い顔で飛び出してきた。

「おまえさんの見世は、帳場で刀を預からないのかえ」

女郎を助け起こした四郎兵衛がじろりと番頭を見据えた。若い女郎は物が言えないほど怯《おび》えていた。

そんな中、会所の若い衆が、浪人と怪我した仲間を引き連れて会所に向かった。

「すまねえ、お頭取。馴染みと思い、ついうっかり座敷に通してしまった」

「それが抱え女郎を危険に陥れ、吉原に血の雨を降らせようとしたのですぞ。主ともども後で会所に顔を出しなされ」

「はっ、はい」

磐音は抜き身をどうしたものかと迷った末に、

「番頭どの、あの方の鞘と脇差が見世に残っておろう。抜き身は預かる。あとで脇差と鞘を会所に届けられよ」

番頭がぺこりと頭を下げ、呆然とした女郎を連れて見世に戻っていった。

「呆《あき》れてものが言えません。これで佐々木様がいらっしゃらなければ、大勢怪我人が出るところでしたな」

四郎兵衛と磐音は何事もなかったように京町から仲之町に出た。

「過日、坂崎磐音様と小林奈緒様の身辺を聞き回っていた三人組の正体が知れました」

「ほう」

「田沼様のご家臣伊坂秀誠と申される方の用人庄村七郎《しちろ》兵衛《べえ》と、出入りの渡世人でした」

「それはそれは」

「驚かれた様子もございませぬな」

「庄村どのは江戸屋敷勤番ではなく、遠州相良の国許にご奉公ではございませぬか」

「いかにもさようでした。吉原の事情に疎《うと》く、磐音様と奈緒様のご身辺の変化を承知していなかったのも、そのせいでございましょう」

磐音は頷いた。

「田沼様ほど評価が定まらぬお方もございませんね。お国許では名君の誉《ほま》れ高いとも聞いておりますし、江戸でも政《まつりごと》における辣腕《らつわん》ぶりはなかなかのものにございます。だが、その才気煥発《かんぱつ》が時に己の領分を越えてまで振るわれるとなると、大いに周囲に迷惑を及ぼします」

磐音はただ頷いた。

「吉原はご政道と付かず離れず、あちらを立てこちらを立てしてこれまで生き抜いて参りました。ですが、この吉原がなんぞ役に立つと思し召しの節は、いつ何《なん》時《どき》なりと命じてくだされ」

「四郎兵衛どの、そのお言葉、肝《きも》に銘じて忘れませぬ」

と磐音が答えたとき、聖天町に走った辰三郎が戻ってきて四郎兵衛の前に控えた。

「分かったか」

「へえっ。西方寺門前の元三味芳の家は、一年前まで賃粉《ちんこ》切りの店だったそうな」

「おお、あったあった。煙草刻みのお店が開いておったな。なかなかよい刻みを売るというので吉原でも評判だったが、いつしか店仕舞いをしておった」

賃粉切りとは、葉煙草を無垢《むく》の台に載せて板で葉を押さえ、蕎麦《そば》切りのように包丁で刻んでいく商いだ。

「主の籐助《とうすけ》はけっこう色男でしてねえ、店開きした頃は必死で働いておりましたが、商いが軌道に乗った頃から土手八丁の茶店の女といい仲になり、遊び暮らしたことがきっかけで得意が一人減り二人減りして、ついには店仕舞いに追い込まれたんで。ただ今は今戸橋の船宿清風の持ち物でした」

「清風が持ち主か。売る気はあるのか」

「へえっ、清風の旦那の七兵衛《しちべえ》さんは七十両なら売るそうです。家を覗いてみましたが、湿気《しけ》った煙草の臭《にお》いが未だしてました。だがちょいと手をかければ住めねえことはございません」

「間口五間に奥行き七間半だったか」

「へえっ」

「七十両は相談だな」

と言った四郎兵衛が、

「佐々木様、三味芳の旧家、会所で押さえておきます」

四郎兵衛があっさりと請け合った。

この界隈で吉原の力は巨大だし、吉原の実務機関である吉原会所の力は隠然たるものがあった。

「四郎兵衛どの、吉原に参り、ようございました。鶴吉どのと相談いたし、早々にご返事申し上げます」

磐音は抜き身を辰三郎に渡した。

「若先生とは相身互いです。こちらも助かりました」

二人は会所の前で頭を下げ合った。

三

磐音は五十間道から引手茶屋の裏に曲がり、浅草田圃《たんぼ》を通って浅草寺奥山から浅草寺門前町へ抜けようと考えた。

格別に考えがあったわけではないが、土手八丁は吉原へ急ぐ遊客で込み合うだろうし、ならば刈り取られた田圃道の風情を愉《たの》しみながら歩いていくのも悪くないと思ったのだった。

だが、引手茶屋裏を流れる小川に架かる土橋を渡り、田圃道に出た辺りから、尾行されていることに気付いた。

(おや、未だ田沼の見張りが残っていたか)

磐音はそう思いつつ田圃道を奥山へと向かった。

田圃の間にこんもりとした林があって、昼間は白鷺《しらさぎ》が溝で餌を探したり、青空を背景に優雅な舞を披露する長閑な光景が見られた。だが、深い闇が覆った夜だ、土手八丁を避けた吉原への客が提灯《ちょうちん》の灯りを頼りに急ぐ光景しか見えなかった。

「えいほーえいほー」

と山谷堀から駕籠かきの声が風に乗って聞こえてきた。すると後ろから間合いを詰めてきた者たちがいた。

ぶら提灯を下げた二人だ。

磐音は田圃道に立ち止まり、待った。

ぶら提灯が七、八間離れたところで止まった。

灯りが羽織袴の二人の顔に当たり、風貌を浮かばせた。

「そなたらはタイ捨流相良定兼どのの従者ではござらぬか」

尚武館で、磐音に強打された相良と門弟の一人を介添えして去った二人だ。

一人が頷いた。

「なんぞ御用かな」

「はあ」

「こう離れていては話ができぬ。もそっと寄られよ。それとも、それがしが参ったほうがよいかな」

二人には磐音を襲う殺気など微塵《みじん》も感じ取れなかった。磐音の言葉にも拘《かかわ》らず、二人は半間ほど間を縮めただけだ。

「いかがなされた。騙し討ちをするような真似は決していたさぬ」

ようやく二人が磐音から一間半のところまで歩み寄ってきた。

「われら、困窮しておる」

「困窮とはまたどうしたことか」

「ふうっ」

と一人が大きな息を吐いた。

「主の相良定兼様は、そなたから受けた腰の打撲芳しからず。通旅籠町《とおりはたごちょう》の木賃宿で臥《ふ》せる日々にて、宿代食事代にも事欠く有様」

「それはお気の毒かな」

と答えた磐音は、

「ちと待たれよ。そなたら、尚武館に参ったは、どこぞのたれぞから唆されてのことではなかったのか。頼んだ相手はおよそ推測はついているが、その者たちから手間代は貰《もろ》うておらぬのか」

「前渡しの十両は確かに頂戴いたしした。じゃが、久しぶりにわれら吉原で遊興いたし、ほぼ遣い果たした後にそなたの道場を訪れ、あのような仕儀に至ったのだ。そこで掛け合うたが、けんもほろろの応対にござってな、後払いの金子を貰えないどころか、罵倒されて追い返された。それでも他に策はなし、本日も吉原に件《くだん》の雇い主を見つけに参ったところであった」

「それでそれがしを見かけられたか」

「いかにも」

「で、それがしに御用がおありか」

「ちと厚かましい話とは承知しておる。われらが主の相良定兼様の大薙刀《おおなぎなた》南州号、ご返却くださらぬか」

「大薙刀をどうなさるおつもりか」

「一時質草として預け、主の治療代と旅籠《はたご》代に供したいのだ」

「なんと忠義なお心か」

「お返しいただけるか」

相手の声音に力が籠《こも》った。

磐音はしばし沈思した。

「ご返却いたそう」

「有難い」

「また明日にもお医師を、相良氏が臥せる旅籠にお連れいたそう。中川淳庵どのと申される、若狭小浜藩のご家臣の蘭方医は昵懇でござってな」

ううっ、と唸った相手が、

「そのような高名なお方をあの木賃宿に迎えるは差し障りがござる」

と言い出した。

「ならばすべて手配をしておくゆえ、昌平橋際の若狭小浜藩上屋敷にお連れ願えるか」

「大名家の上屋敷じゃと。まことにその医師どのに、主の治療をしていただけるのであろうか」

「ご案じめさるな。虚言は申さぬ。しかと手配はしておく」

二人は額を寄せて何事か話し合い、

「お願い申す」

と磐音に願った。

「その足で道場に参れば、南州号をご返却いただけるのだな」

「いささか相談がござる」

「相談とな」

今度は相手が警戒した。

「そなたらに手伝うてもらいたいことがある」

「手伝うとな。なにをせよと言われるか」

二人の言動には騙されたかという気配が漂った。

「大したことではござらぬ、とあるところに同道していただきたい」

「まさか尚武館に呼び込もうという算段ではあるまいな」

「さような姑息《こそく》な手は使わぬ。遠くはござらぬ。下谷広小路の北大門町裏の読売屋にそなたらをお連れ申すでな、そなたらが尚武館の道場破りを引き受けた経緯《いきさつ》をすべて詳細に話してくれぬか。さすれば最前の約定を果たした上に、なにがしかの草鞋銭《わらじせん》をお渡しできよう。それにてそなたら江戸から立ち退《の》かれぬか」

二人はまた額を寄せた。今度は長いひそひそ話が続き、一人が、

「致し方ない。われら、お手前を信頼するしかあるまい」

と呟き、二人は頭を下げた。

「ならば浅草寺を抜けて下谷広小路へと出ようか」

「あの甍《いらか》が金龍山浅草寺か。われら、吉原に何度か参ったが、浅草寺には参ったこともないな」

とどこか安堵《あんど》した様子で一人が呟いた。


翌朝、朝稽古に、豊後関前藩から新たな入門志願者があった。井筒遼次郎だ。門弟である家臣の市橋勇吉《いちはしゆうきち》らに連れられて、遼次郎が稽古前の拭き掃除の刻限に姿を見せたのだ。

「遼次郎どの、参られたか」

「磐音様、宜しくお頼み申します」

「すでに稽古着か。ならばあの桶《おけ》のところに雑巾があるで、われらとともに掃除の列に加わるがよい」

磐音の命に、はっ、と受けた遼次郎が桶へと駆け出していった。

さしもの広さの尚武館の稽古場も、住み込み門弟と早朝から稽古に駆け付けた通いの門弟の協力でたちまち爽《さわ》やかに拭き上げられた。

一同、神棚に向かい正座をなして瞑想し心を鎮めた。

いつもの朝稽古が始まった。

道場の開け放たれた連子窓《れんじ》から新春の光がうっすらと射し込み、二百八十余畳の厚板の床が神々しくも浮かび上がった。

「遼次郎どの、参られよ」

いきなり佐々木道場の後継に声をかけられたとき、遼次郎は呆然と尚武館の高い梁や道場内を見ていた。

「いかがなされた」

「話には聞いておりましたが、予想以上に広いものですね。中戸道場の何倍もの広さがあります」

尚武館は稽古場の周りに門弟たちが控える一間幅の高床があり、正面には小さな道場の稽古場ほどの広さの見所《けんぞ》があるせいで、広々とした印象を見る人に与えた。

「遼次郎どの、道場の価値は広さではござらぬ。稽古の中身じゃ。さあ、参られよ」

磐音は遼次郎のただ今の技量を知るために誘ったのだ。

「はい。お願い申します」

遼次郎が初々しくも返事をして竹刀を正眼に構えた。

「待たれよ」

磐音は遼次郎の動きを止めると、

「初めての道場ゆえいささか平静を欠いているようじゃ。すべて稽古には流れがある、また動作と動作に間があって緩急を作り、それが行動の流れを作る。そなたの動きはどこにも間がない、だらりとしたものじゃ。それでは稽古とは言えぬ」

磐音は互いに稽古をし合う者の対峙《たいじ》前の動きを見せた。

「よいな、この一連の流れに稽古相手を敬う気持ちが込められていなければならぬ。互いが相手を敬うことで、その後の一撃一打がおろそかにならぬし、身の入った稽古ができる。お分かりか」

磐音は遼次郎に、対座しての一礼から立ち上がっての構えまで何度も繰り返させ、体に覚え込ませた。

「剣術の修行に、なにようあって礼儀の稽古をせねばならぬとの疑問もあろう。

しかし、古めかしいようだが稽古事は礼に始まり礼に終わる。それができねば当尚武館の門弟足りえぬ」

「はい」

遼次郎は夢中で返事をした。

磐音はもはや遼次郎の実力を承知していた。

「利次郎どの」

とでぶ軍鶏《しゃも》こと重富利次郎を呼ぶと、

「遼次郎どの、関前で松平辰平どのに会うたな。この利次郎どのは、辰平どのとよき競争相手でな、辰平どのが廻国修行に明け暮れていることを己の励みとしてこの江戸で猛稽古をなし、近頃めきめきと腕を上げた。立ち合うてみよ」

と遼次郎に己の実力を知らしめるために、利次郎との立ち合い稽古を命じた。

「お願い申します」

遼次郎が紅潮した顔で利次郎に願った。

「こちらこそお願い申す」

遼次郎は磐音に叩き込まれたばかりの動作を行い、利次郎と相正眼で構えた。

「えいっ」

「おうっ」

遼次郎は江戸勤番を命じられて以来、関前城下の中戸信継道場で朝夕の稽古に精を出し、それなりに体力も自信も付けていた。

佐々木玲圓の後継となる磐音は別格として、尚武館佐々木道場の若手ならばなんとか互角に打ち合える自信を胸に上府してきたのだ。

そのときがきた、と遼次郎が思った瞬間、

「面」

と利次郎の電撃の面打ちが襲いきて、
がつん
と遼次郎の頭に衝撃が走った。

うっ
と腰砕けになるのを必死で堪《こら》えた遼次郎は、くらくらする頭で竹刀を振るったが、今度は、

「胴!」

の声とともに力強い胴打ちに見舞われ、その後、どう動いたのか全く分からないまま、

「遼次郎どの、いかがいたした」

と声をかけられ、目を開くと、高床に寝せられた遼次郎の顔を市橋勇吉ら関前藩の家臣らが見下ろしていた。

額には濡れ手拭いがかけられていた。

「あっ、なんという失態を」

遼次郎は濡れ手拭いを摑むと必死で立ち上がろうとした。

「そのままそのまま」

市橋勇吉が遼次郎を押し止《とど》め、

「でぶ軍鶏どのに鍛えられましたな」

と笑った。

「重富どのは尚武館の高弟にございますね」

「いや、最近めきめき力は付けてきたが、実力はまだ下位のほうです」

「なんと、あの動きと力で下位ですか」

「尚武館佐々木道場の稽古と雰囲気がなんとのう見えてくるにはせめて半年、いや、一年の歳月が要ります。高弟方も数多《あまた》おられますので、この一年を乗り切れば力が付きます」

勇吉は尚武館では先輩にあたるが、関前家中では下士と上士の身分関係にある。

勇吉の丁寧な口調はそのせいだ。

遼次郎がゆっくりと身を起こし、

「ふうっ」

と息を吐いた。

「どうだ、でぶ軍鶏に痛めつけられたか」

と元師範の依田鐘四郎がにこにこ笑いながら姿を見せた。

「わが豊後関前藩家臣井筒遼次郎と申します」

勇吉が遼次郎を紹介し、その場に座り直した遼次郎が、

「井筒遼次郎と申します」

と挨拶した。

「新しい入門者に戸惑いがあるのは致し方あるまい。どうだ、もう立てるか」

「依田様、もう大丈夫にございます」

「ならば初心組はそれがしが指導するゆえ、こちらに参られよ」

と遼次郎は道場の隅に連れていかれた。そこには五人の初心者らしい門弟らがいた。遼次郎と同じ年齢の者は一人だけだ。あとは十三、四歳か。

「遼次郎どの、尚武館道場の基本の動きをお教え申す。年長者には剣術の基本など教えられずとも承知していると思われようが、各々が身に付けたかたちと癖を削《そ》ぎ落としていただく。これが直心影流尚武館佐々木道場の入門の一歩と心得られよ」

「はっ」

遼次郎は利次郎の洗礼を受けているだけに、素直に返事をせざるを得ない。

「よし、縦列に並ばれよ。先頭は速水右近《うこん》、続いて速水杢之助《もくのすけ》、篠田泰五郎《しのだやすごろう》、井筒遼次郎、最後は二ッ木《ふたぎ》兵衛《ひょうえ》」

と並ばされた五人は、竹刀の振り方から稽古を始めた。

初心組の稽古には磐音も時折り姿を見せて激励したので手を抜くこともできなかった。五人の動きを見ながら半刻の稽古が終わったとき、五人とも汗みどろであった。

「右近どの、よう頑張られた」

と磐音に褒められた十二歳になったばかりの速水右近は、

「若先生、あと一年もすれば若先生ほどに強くなりまするか」

と荒い息の下で無邪気に訊いた。

「右近、馬鹿を申せ。一年くらいで若先生の域に達するものか」

「兄上、ならばどれほど月日がかかるのです」

十四歳の杢之助は弟の反問に、
うむっ
と考え込み、

「兄が思うに、磐音若先生にはどうしてもなれぬぞ。生涯かけても駄目かもしれぬ」

「兄上、なんと弱気な」

兄弟が言い合うところに玲圓も姿を見せた。

「兄上、若先生が駄目ならば大先生ではどうです」

「右近、そなたは剣術の奥義《おうぎ》をなにも知らぬ。大先生は雲の上に隠れた山の頂きだ、と父上が申されたぞ」

杢之助と右近の兄弟は、本年の具足開きの日から尚武館に正式に入門した速水左近の倅だ。

「右近どの、杢之助どの、先は長いでな、ゆるりと修行に励みなされ。そなたらには立派な手本が身近におられる。父上を見習うて一歩一歩倦《う》まず弛《たゆ》まず稽古に励めば、雲の上と思うたものも見えてこよう」

と玲圓に諭された兄弟が、

「はい」

と畏まった。

「養父上、本日より尚武館に入門をお許しいただきたく参りました井筒遼次郎にございます」

「おおっ、坂崎家に入られる若者か」

「はい」

「豊後関前の屋台骨を支える坂崎家の跡目を継がれる者である。磐音、恥ずかしゅうないように格別の稽古を付けよ」

と磐音に命じた玲圓が、

「井筒遼次郎どの、磐音もこの佐々木道場に入門したては密かに涙に耐えた日もあったはずじゃ。そなたも一日の稽古を疎かにすることなく稽古に励みなされ」

と入門を許した。遼次郎はただ、

「はっ」

と平伏して玲圓の言葉を承った。

四

「若先生、客人です」

と利次郎が、佐々木父子と元師範の依田鐘四郎が見所前にいるところに告げに来た。

玲圓が母屋に下がろうとしていて、すでに通いの門弟らは大半が道場から姿を消していた。住み込み門弟らが速水杢之助、右近兄弟の相手をして道場の隅で何事か談笑していた。兄弟は屋敷からの迎えを待っているのだろう。

「利次郎どの、どなたかな」

「鶴吉と名乗りました」

「鶴吉どのか。すまぬがこちらに案内《あない》してくれ」

磐音の返答に利次郎が尚武館の玄関へと走り戻り、恐縮の体《てい》の鶴吉を伴ってきた。玲圓も磐音の知り合いと会う気か、その場に残った。

「鶴吉どの、よう参られたな」

「恐れ入ります。神保小路の佐々木道場に手が入ったと旅の空で聞いておりましたが、大した普請《ふしん》でございますな。驚き桃の木だ」

　鶴吉は稽古の終わった道場を見回し、しきりに感心した。

「養父上、以前お話ししたかと思いますが、三味線造りの名人と呼ばれた三味芳の倅どのです」

「おおっ、町人ながら肚の据わった御仁、非業の死を遂げられた親父どのの仇討ちを見事に果たしたのではなかったか」

「いかにもその鶴吉どのです」

「武士が軟弱に堕す中で本懐を遂げられたとは見事なり。利次郎、そなたも鶴吉どのの爪の垢《あか》でも煎《せん》じて飲ませてもらえ」

　と玲圓の矛先が利次郎にいき、

「はっ」

　と利次郎が鶴吉を感嘆の眼差しで見た。

「大先生、わっしは皆様に感心されるような者じゃあございません。若先生と偶然にも旅の空で知り合い、お付き合いを許された者でございますよ」

　と困惑の体で、懐から何枚も重ねた紙片を取り出し、

「大先生、若先生、下谷広小路の読売屋が大胆な読売を売り出して、町じゅう大

騒ぎですぜ。どうやら読売に書かれた菖蒲館とはこちらでございますね」

と広げて見せた。

磐音は朝右衛門と楽助の苦心の読売の一枚を受け取った。玲圓と依田鐘四郎らも鶴吉が持参した刷りたての読売に目を落とした。

磐音の目に朱色の、

「新版よみもの草双紙、幻の鬼界島馬場先大名小路と神保小路の大戦！」

という文字が飛び込んできた。

朝右衛門は一連の騒ぎを、真実の読み物としてではなく虚構の物語として江戸じゅうに知らしめようと考えたようだ。なにしろ相手は時の老中田沼意次とその一統だ。草双紙であったとしても読売屋としては必死の覚悟の仕事だった。

昨夜《ゆうべ》のことだ。

磐音は相良定兼の従者二人、園田五郎太《そのだごろうた》と村崎朋造《むらさきともぞう》を下谷広小路の上野北大門町の読売屋に伴い、朝右衛門に、主の相良定兼が尚武館の道場破りを請け負った経緯をすべて克明に話させた。ただし、このことは玲圓も元師範の鐘四郎も未だ知らぬことだった。

ともあれ、その成果が磐音らの手にした読売だ。記事は、

「江戸から海上何百里も離れた鬼界島の馬場先大名小路の夕の字老中は、かねがね神保小路の菖蒲館剣道場の威勢を快く思わず、その武名を地に落としめんと鬼界島の遊里葦原に遊ぶ腕に覚えの剣術家を金子で雇いて、差し向けたり。

肥後人吉《ひとよし》の住人丸目蔵人佐長恵が創始したタイ捨流薙刀名人相良肥後守定兼もその一人なり」

と吉原で実際に夕の字老中の陪臣《ばいしん》庄村七郎兵衛に声をかけられた経緯から道場破りの前払い金の受領、また大薙刀を振るっての勝負の行く末までも詳細に記されてあった。

「若先生、正月以来頻々《ひんぴん》とうちに参った道場破りの数々が、草双紙仕立てで書いてありますぞ」

と依田鐘四郎が嬉しそうに破顔し、

「大先生、草双紙の白眉《はくび》は、若先生と平内流久米仁王蓬萊との夜明け前の真剣勝負ですぞ」

「ふむふむ」

と玲圓が感嘆し、

「この話、真《まこと》のことですか」

と利次郎が磐音に問うた。

「利次郎どの、そこに草双紙と書いてござろう」

「ですが、まるでこの道場で実際に戦われたような筆運びですよ」

「利次郎、そこが読売屋の腕だ。真実のようで真実でない、嘘のようで真実である」

と鐘四郎がごまかした。

夜明け前の戦いは尚武館でも限られた人間しか知らされず、久米の亡骸は速水らと相談の上、御目付が密かに始末を付けていた。

「ちょっと待ってください。読売の最後に、夕の字老中が国許の遠州某地某寺に集めた橘ら剣客五人のうち、残り四人の実名が記されておるぞ」

と利次郎が興奮した。

「菖蒲館潰しを画策する四人の剣客、果たして道場に姿を見せるや否や、はたまた若先生、四人の挑戦を受けて立つや否や。次なる読売を楽しみに待て、とあるぞ」

「利次郎どの、これは草双紙ですぞ」

磐音が利次郎に注意した。

「依田様の申されるとおり草双紙を装うていますが、真の物語と思いますね」

「利次郎、よいな、門弟らには草双紙として押し通すのじゃぞ」

と鐘四郎も利次郎に強く警告し、利次郎はどうも納得できないという顔で仲間たちのところに戻った。

「磐音、公方様のお膝元の江戸を無闇《むやみ》に騒がすは畏《おそ》れ多いと思うておったが、草双紙のかたちで天下に公表され、夕の字様方はどう出られるかのう」

と玲圓が草双紙の感想を言い残して奥へ引っ込んだ。

「嫌でも神保小路の道場破りには衆人の目が集まろう。四人方が諦めてくれるとよいが」

と磐音が呟き、鐘四郎が、

「馬場先大名小路の主様は賢いお方と聞いています。草双紙のかたちを読売がとっている以上、自分のほうから動くことはありますまいし、四人を動かし難《にく》くなったことも確か。それが若先生の狙いでしょうが」

長年の付き合いの鐘四郎が、この読売は磐音の仕掛けと見破ったように言い、笑った。

「そうであればよいが」

磐音と鐘四郎の脳裏には、西の丸家基の十一代将軍就位を阻止せんと暗躍する田沼意次と一派の野望を、なんとしても打ち砕くという強い思いがあった。

「まずは読売の反応を見てみますか」

「師範、なにが起こるやもしれません。門弟の道場行き帰りはいつも以上に注意を払うよう徹底させてもらえませんか」

「畏まりました」

と鐘四郎が、門弟たちが集まる控え部屋に向かった。

その場に残ったのは鶴吉と磐音だけだ。

「尚武館の主になるのも楽ではございませんね」

「鶴吉どの、三味線造りの親方と同じにござる。諸々あって、だが、これも剣術修行の一環と考えねばと思うておる」

「旦那は実に不思議なお方だ。会う度に姿を変えておられる。わっしらが初めて出会った金沢では好きな女性《にょしょう》の影を追い求める、一途《いちず》なお武家様でしたが、あれ以来、いくつ変化を見せてもらったものか」

「驚かしたとあらば相すまぬ。鶴吉どの、それがしの住まいを覗いていかぬか」

磐音は鶴吉を離れ屋に誘い、春の陽射しが射し込む縁側で向き合った。

「鶴吉どの、そなたを呼び付けたは他でもない。お節介とは思うたが、そなたが三味芳の名跡か、三味鶴の新看板か、いずれにしても名人をこの江戸に落ち着かせる話だ。そなたほどの腕の者を旅の空にさ迷い歩かせるのは勿体ない話と思うゆえな」

「竈河岸の親父に聞きましたよ。旦那にそれほどまで思っていただけるとは、わっしには、それこそ勿体ない」

「鶴吉どの、忌憚《きたん》なくお尋ねする。江戸で三味線造りをなさる決心じゃな」

「へえっ、わっしの行状を世間様が許してくださるというのであれば、そろそろ親父の跡を継いでもいいかと考えて江戸に戻りました」

「三味芳六代目で看板を上げられるか」

「へえっ」

「お店のあてはござるか」

鶴吉が磐音を見た。

そこへおえいがお茶と渋皮饅頭《まんじゆう》を運んできて、鶴吉が慌てて座り直した。

「養母上《ははうえ》、三味線造りの鶴吉どのです」

「三味芳の造った三味線の音は、一度耳にすると胸の底に刻まれていつまでも心に残ると言いますな。あの調べが再び聞かれますか」

「養母上、ようもそのようなことをご存じですね」

磐音が驚いて訊き返した。

「朴念仁《ぼくねんじん》の道場主の女房は、亭主同様に野暮と思われましたか」

おえいがにっこりと笑い、

「いえ、そのようなことは考えもしませぬが」

「これで私も若い頃は芸事を齧《かじ》りました」

とおえいが笑みを湛《たた》えた顔で応えると、

「鶴吉どの、ごゆるりと」

と言い残して離れを去った。

「一汗かきました」

鶴吉が額を手拭いで拭った。

「それがしも養母上の若い頃の話を聞いたのは初めてじゃ。驚いた」

二人は茶を喫して渋皮饅頭を頬張《ほおば》った。

「そなた、花川戸のお店がどうなっているか承知であろう」

「三味線屋の後釜に豆腐屋が入り、繁盛しているようで」

と鶴吉が即答した。

「鶴吉どののは親父どののお店に拘られるか」

「そんなつもりで確かめに行ったわけじゃないんで」

磐音は相槌《あいづち》を打つように首肯した。

「相良逗留した折りに女と知り合いましてねえ。その女にわっしが育った町を見せたかったんで」

「竈河岸の親父どのも鶴吉どのに女の影があると言うておったが、確かであったか」

「そんなことを言ってましたか」

と苦笑いした鶴吉が、

「おこねは相良の師匠の二番目の娘でしてね。江戸で三味線屋の看板を上げることを約定して江戸に連れていくことが許されたんで」

「祝言は挙げられたのか」

「内々ですが、江戸に出る前夜に盃事《さかずきごと》だけは済ませました」

「おこねさんを厩新道の木曾屋に置いておられるか」

「江戸に知り合いとてありませんでね」

な」
「鶴吉どの、三味芳二代目までは聖天町の西方寺門前に表店を構えていたそうだ
と応じた磬音が、
「それはいかぬ」
「旦那、ようご存じですね。金に困って聖天町から花川戸の裏店《うらだな》に流れたんで
さ」
「そのお店が売りに出た。一年前まで煙草屋だったようだが、その家で三味芳六
代目の看板を上げぬか」
「旦那、あっさりと言われましたね。だが、わっしが溜《た》めた金子ではとても聖天
町の表店は無理だ」
「すでに手に入れてある」
「なんですって」
「いや、それがしが手に入れたのではない。吉原会所の四郎兵衛どのが、三味芳
の名を惜しんで動いてくれたのだ」
「お話とはこのことでしたか」
「一年も空《あ》けてあった上に、前の商いが煙草屋だ。いささか内部に手を入れなけ

れば住めないそうだが、柱も梁も根太《ねだ》もしっかりとした造りだ。鶴吉どの、見て参られぬか。中を見たければ吉原の会所を訪ねられよ」

鶴吉があれこれと考えるふうに沈思した。

「わっしはなにもしちゃいねえ、旦那。これほどのことを旦那にしていただく覚えはねえ」

「本《もと》を正せば四年前の一件じゃ。南町の笹塚孫一様から褒賞の二百両を頂戴いたし、この金子は鶴吉どのが江戸に戻った折りに使う金子とそれがし心に決めたにも拘《かかわ》らず、旧藩の再建費用に回してしもうたのだ」

「それは旦那が拝領されたご褒美《ほうび》ですよ」

「世の中、回り持ちだ。おこねさんのことも考えよ。江戸に慣れぬ方に狭い旅籠では可哀想であろう。そなたが聖天町の店を見て、気に入ったというのなら中の造作にかかればよい。それだけ早く旅籠から引っ越せるというものだ」

「旦那、なにからなにまですまねえ」

鶴吉が頭を下げたとき、離れ屋に賑やかな声が響いた。

「姉上、若先生はこちらですよ」

と右近に手を引かれたおこんが姿を見せた。すると離れの庭が、ぱあっと明るくなった。

李之助も従っていた。

「若先生、姉上が弟と私の迎えに来られたのです」

李之助が少し照れた表情ながら嬉しそうに言った。

「姉上は兄上と私を迎えに来るという口実で、若先生に会いに来られたのだと思うな」

「右近様、ようもこんの気持ちがお分かりですね」

「それは姉上のお顔を見ていれば分かります。屋敷におられるときは緊張しておられます」

「あらあら、右近様にもこんの心底を見抜かれておりましたか」

形式上の姉であり弟のはずだが、互いが敬愛していることを知り、磐音はほっとした。

「李之助どの、右近どの、もうしばらくおこんさんをお頼み申す」

「姉上が若先生のもとへ嫁がれたら屋敷が寂しくなると、母上も奉公人も言っています」

「嘘でも嬉しいですよ、右近様」

「姉上、嘘なんかじゃありません」

右近がむきになって言うのを、かたわらで鶴吉がにこにこと笑って見ていた。

「おこんさん、三味芳四代目の次男の鶴吉どのだ」

「話にはお聞きしていました。速水こんにございます」

「おこんさん、わっしは初めてじゃありませんぜ。今津屋に奉公しておられたとき、今小町のおこんさんを遠目に眺めた口でさあ」

と鶴吉が笑った。

「おや、まあ、そのようなことが」

おこんが困った顔をし、

「今日はお二人のお迎えにございます。母屋にご挨拶してお暇《いとま》します。明日、改めてお邪魔いたします」

「祝言の弁当の一件であったな。養母上も楽しみにしておられる」

おこんが二人の義弟を伴い、母屋に向かった。

「旦那は幸せ者ですね」

「おこんさんと所帯を持つことか」

「それもございます」

「すべて天が定めた決まりに従い、人は生かされている気がいたす」

「奈緒様とのことですかえ」

「そなた、奈緒どのがどうなったか承知か」

「出羽山形の紅花大尽《べにばなだいじん》が身請けされたそうな」

磐音は頷いた。

「天の定めとは、いかにもさようかもしれません」

「鶴吉どの、おこねどのと出会うて幸せじゃな」

鶴吉にも心に思った幼馴染みのお銀がいた。皮肉にもその存在が三味芳崩壊の因《もと》を作ったのだ。

「流れ者のわっしに付いてくる決心をした女です。なんとしても幸せにしてやる責めがわっしにはございまさあ」

離れ屋の廊下に足音がした。

おえいとおこんが膳を運んできた。

「朝餉抜きではお腹《なか》も空《す》きましょう。おこんさんに手伝うてもろうた膳をこちらに運んできましたよ」

女二人が膳を磐音と鶴吉の前に置いた。

「お内儀様、おこんさん、わっしまで」

鶴吉が絶句し、

「おこんさん、養母上が若い頃、芸事に凝っていたことを承知か」

えっ！

という顔でおこんがおえいを見つめた。

「これでなかなか殿御を泣かせたものですよ」

とおえいが平然と答え、その場の三人が返答を失った。

「ほっほっほ」

とおえいが笑い、

「お内儀様、江戸でお店を開いた暁には、まず最初にお内儀様の三味線を造らせてもらいます」

と鶴吉が請け合った。

この日、磐音は鶴吉を伴い、聖天町の売り家を見に行き、吉原会所の四郎兵衛とも面会した。

そのせいで三味芳の聖天町再起の話は一気に事が進み始めた。

第五章　尚武館の嫁

一

磐音と、一日お暇を貰ったおこんとが聖天町の新しい三味芳の表店を見に行ったのは、月が変わった如月《きさらぎ》五日のことだった。

吉原会所の四郎兵衛が早々に手を打っていたこともあり、今戸橋の船宿清風は七十両の売り値を、

「三味芳」

が再起するのならばと六十両に値引きしてくれた。

この金子は四郎兵衛が立て替えてくれていたし、造作も吉原出入りの親方に口を利いてくれたので、磐音と鶴吉が家を見た翌々日から改装にかかることができ

た。

　先祖が三味芳の暖簾を上げた聖天町で、なんとしても再び看板を掲げたいという鶴吉の強い望みが、改装工事を十日で終える力になった。

　風を入れ、湿気を抜いて、板の間、壁、天井、厠《かわや》の補修をし、畳、建具を入れ替え、台所を使い勝手よく手を入れると、見違えるようなお店兼住まいになった。

　磐音は豊後関前藩の物産所組頭の中居半蔵に願い、六十両を借り出して四郎兵衛に、

「利はご勘弁くだされ」

　と返済しようとした。

「佐々木様、一日二日を急ぐ金じゃございませんよ。そうでなくとも佐々木家は祝言で物入りの折りだ。この金子、そちらにお回しなさいませぬか」

　と四郎兵衛が佐々木家の内情を気にしてくれた。

「それとこれとは別にございます」

「律儀《りちぎ》な佐々木様らしいが、それではおこん様の苦労が絶えませんよ」

　と言いながらも四郎兵衛は磐音の願いを聞き届けてくれた。また改装の費用は、鶴吉が蓄えてきた金子でなんとかなりそうだということで鶴吉も、

「旦那、おんぶにだっこじゃあ、申し訳ねえ。せめてこちらの掛かりはわっしらが」

と出すことになった。

こんな日々、読売の効果か、尚武館の門前には見物の武士や町人が押しかけたが、新たな道場破りは姿を見せる様子もなく、また田沼一派もひっそりと動きを止めていた。

磐音が案じたのは、上野北大門町の読売屋朝右衛門方になんぞ田沼側の手が伸びてくるのではないかということだった。時の老中の意向なれば、読売屋の一軒や二軒、破滅に追い込むなど容易《たやす》いことだった。だが、草双紙のかたちで読売に先手を打たれて、およその仔細を江戸じゅうが知ってしまっていた。

「田沼様が強引に横車を押すかえ」

「となりゃあ、読売屋に江戸っ子がつくぜ。あんまり役には立つまいがな」

「いや、尚武館が黙っちゃいめえ。馬場先大名小路と神保小路の戦となりゃあ、おれっちは直心影流に一肌脱ぐぜ」

そんな衆人環視の中ではさすがに田沼一派も動きづらいか、

「草双紙のことに一々目くじらは立てない」

策をとっているように思え、江戸は不気味に静まり返っていた。

そんな中、鶴吉の店の改装が終わったというので磐音は速水家のおこんを誘い、浅草聖天町まで足を伸ばしたのだ。

西方寺門前の家から木の香が漂い、表には紺地に三味線が描かれ、

「六代目三味芳」

と鮮やかに染め出された日除《ひよ》け暖簾がかけられていた。

「いい染めに仕上がったわ」

「さすがは木挽町の大野屋じゃな」

磐音がおこんに相談して注文した祝いの暖簾だ。

二人が暖簾を分けて、

「ご免」

と土間に入ると、姉さん被りのおこねが作業場となる板の間の乾拭《からぶ》きをしていた。

「おこねどの、精が出るな」

磐音の声におこねがぴょこんと上体を起こした。未だ幼い顔立ちのおこねのお腹《なか》が、わずかにふっくらしていた。

「おこんさん、鶴吉どののおかみさんのおこねどのだ」

磐音は女たちを紹介した。

「おこねさん、ご精が出ますね。速水こんにございます」

おこねが慌てて姉さん被りの手拭いを取った。

「この度はなにからなにまでお世話になりました」

「それは殿方の話ですよ、おこねさん。それよりお尋ねしてようございますか」

「なんなりと」

「おこねさん、おめでたではございませんか」

おこねの顔が、
ぽおっ
と赤くなり、こっくりと頷いた。

「江戸でお医師にかかられましたか」

「それがまだ」

「鶴吉さんはご承知ですね」

「いえ、必死で動き回っていますので、話しそびれております」

「おこねさん、今が大事な時期です。気持ちは分かりますが、このように動いてはいけません」

とおこんが急いで雑巾をおこねから取り上げた。そこへ鶴吉が姿を見せて、

「おこん様、なにからなにまでお世話をおかけしました」

と襷《たすき》の紐を解きながらおこねのかたわらに座した。

「鶴吉どの。そなた、おこねどのの懐妊を知らなかったか」

磐音の問いに、

「えっ」

と驚きの声を上げた鶴吉がおこねの腹のあたりを見た。

「おまえさん、ご免なさい。こんな大事な時期に」

「馬鹿野郎、大事もなにもあるものか。おれとしたことが舞い上がって、おこねのお腹にわが子が宿っていることにも気付かなかったか」

と鶴吉が狼狽し、自分を責めた。

「鶴吉どの、おこねどの、目出度いことは重なるものでござるな」

「鶴吉さん、おこねさん、改めておめでとうございます」

と二人に言われて鶴吉が、

「旦那、ぶっ魂消《たまげ》ましたぜ。おこねは江戸を知らない身だ、もう少し身辺に気を

配るべきでした」

「おまえさん、怒らないの」

「おこね、どこに怒る謂《いわ》れがある。そうか、わっしに子ができるか」

とようやく二人に笑みが浮かんだ。

「鶴吉どの、産婆もご町内におられようが、御典医の桂川甫周先生も若狭小浜藩の中川淳庵先生もそれがしの昵懇じゃ。一度診察を願うてみようか」

と言うところに、四郎兵衛が若い衆に角樽《つのだる》を持たせて姿を見せた。

「佐々木様のお言葉が耳に入りましたよ。私も、お内儀どのは懐妊かと思うておりました。まずは目出度いことです」

と遊女三千人の身辺に気を配る四郎兵衛は、おこねの懐妊を察していた。

「佐々木様、吉原の息のかかった聖天町で子を産むのに御典医はいけません。吉原出入りの医師をおこねさんに口利きしますよ」

「そうですね。すぐに飛んできてくれる土地のお医師がなによりです」

と磐音が自分の考えを引っ込めると四郎兵衛が若い衆に、

「新鳥越の玄庵《げんあん》先生に、明日にもこちらに顔を出すようお願いしておきなされ」

と命じた。

「いつから店開きできますな」

「四郎兵衛様、三味線の修理なら明日からでもできますが、新規の注文は材料などの仕入れがございますから、もう少し時間がかかります」

「ならば明日にも吉原の見番に顔を出しなされ。芸者衆に声をかけておきましたでな、何棹か集まっていましょう」

「えっ、いきなり吉原に出入りを許していただけますので」

鶴吉が言葉を詰まらせた。

江戸の流行《はやり》の総本山は吉原だ。

歌舞音曲、茶道香道、文学読み物、俳諧和歌、着物小間物、櫛笄《くしこうがい》、化粧とすべて吉原から始まった。いわば芸と流行を競う場が吉原ともいえた。

吉原近くで三味線造りをする以上、吉原に出入りを許されるかどうかはその店の格式に関わったし、商いを大きく左右した。

「先々代の三味芳の贔屓は今も吉原におりますでな。鶴吉さん、ご先祖の名を汚さぬよう頑張りなされよ。また顔を出しますでな」

と四郎兵衛に注文をつけられ、鶴吉とおこねの夫婦は、板の間に額を擦《こす》り付けた。

磐音とおこんは、四郎兵衛を店の前まで見送った。

「挨拶が遅れましたな、おこん様」

「四郎兵衛様、速水こんにございます」

「さすがは今小町と評判を取ったおこん様にございますな。吉原の太夫《たゆう》も顔色なしでございます」

と如才《じよさい》なくおこんを褒めた四郎兵衛が、

「佐々木様、お二人の祝言はいつと申されましたな」

「今月十五日にございます。道場に大勢の人々を招いて、樽酒を囲んでの無礼講です」

「武門方の祝言はそれでよろしい。桜咲く季節のほんとの華は、おこん様ですよ」

と応じた四郎兵衛が、

「この四郎兵衛も押しかけて宜しゅうございますか」

「武骨なもてなししかできませぬが、ぜひおいでください」

「決まった」

と満足な笑みを浮かべた四郎兵衛が土手八丁へと上がっていった。

この日、磐音とおこんは浮世小路の百川を訪ねた。

過日、百川の番頭の利一郎と料理人盛助が祝言の日に配られる弁当のお品書きを佐々木家の奥に持参し、それをおえいとおこんが検分した。

「お内儀様、おこん様、弁当を飾る鯛ですが、若狭屋と赤穂屋さんの尽力で五百尾揃えることができます」

弁当は二段重ねで、一段目には鯛や煮しめや造りものなど菜が、二段目には赤飯が詰められることになっていた。

「おこんさん、百川の弁当ならお客様にも満足していただけましょうな」

「おえい様、残念なことに私は食べられそうにございません」

「花嫁が満座の前でぱくぱく食べるわけにもいきますまいな。気の毒に」

とおえいが応じると利一郎が、

「それならば前もっていくつか、盛助に祝いの弁当を作ってもらいます。実際にお召し上がりになってご注文を付けられませんか」

と言い出した。

「そのようなことができますか」

おえいが身を乗り出した。

「実際にお食べになると、ご不満のところは直すこともできます」

「おえい様、それはようございますね」

という会話があって、磐音も誘われ、おえいも神保小路から浮世小路の百川へ向かう約束だった。

磐音とおこんが百川に到着したとき、おえいはすでに二階座敷に案内されていた。

「あら、おえい様をお待たせすることになりました」

とおこんが慌てた。すると二階座敷からおえいの弾けるような笑い声が聞こえてきた。

「養母上《ははうえ》は男所帯の屋敷の奥におられるで、かような町屋に出られるのが嬉しいのであろう」

座敷で女将《おかみ》のお恭を相手におえいが談笑していた。

「お先に参っておりましたよ」

「養母上、なんとも嬉しそうなお声が階下まで聞こえました」

「おや、そのような大声で笑うておりましたか。なにしろ普段が普段、汗臭い男所帯におりますと、町屋に出るだけで気持ちが晴れやかになります。それを考えますとな、おこんさん、そなたには気の毒なことをいたします」

「なぜでございましょう」

「磐音の嫁様とは申せ、男臭い剣道場の嫁ですよ」

お恭がおえいの正直な言葉に笑い、

「おこんさん、久しぶりにございます」

と挨拶した。

「女将様もお変わりなく」

「今津屋のおこんさんが尚武館の若先生のお内儀様になるとは、夢にも考えませんでしたよ」

「なにしろ出が深川六間堀町です。ただ今速水家で武家見習い中ですが、戸惑うことばかりです」

とおこんが応じたとき、膳の上に折り詰め弁当が恭しく載せられ運ばれてきた。

折り詰め弁当に飾られた熨斗《のし》と紅白の紐がなんとも愛らしくもめでたい。

「おこんさん、紐を解くのが勿体ないくらいですよ」

おえいが言い、おこんが頷いた。

「若先生、ご酒を少しお持ちしましょうか」

「養母上とかような場所で会食するのは初めてです。頂戴いたしましょう」

磐音が紐を解いて弁当の蓋を取ると、見事な鯛が鎮座していた。

「おお、これは立派な」

「鶏と野菜の煮物のなんとも美味しそうなこと」

「おえい様、きれいなお造りですこと」

三人は期せずして嘆息した。

「養母上、これならばどのようなお客様でも満足にございましょう」

「むろんのことです」

と磐音に答えたおえいが、

「女将さん、番頭さん、料理人どの、お手を煩《わずら》わしますが宜しゅうお願い申します」

と百川の主従に願い、

「馳走になりましょうぞ、おこんさん」

と祝言の当日食せぬおこんに声をかけた。

満腹した三人は浮世小路からおえいの注文で魚河岸《うおがし》を見物し、荒布橋《あらめ》から照降《てりふり》町《ちょう》へと抜けて親仁《おやじ》橋を渡り、葭町《よしちょう》から元吉原を通って、ぶらぶらと両国西広小路へと歩いていった。

三人で一合の酒を飲み合い、おえいもおこんも火照《ほて》った顔に当たる風を爽やかに感じた。

「おや、こんなところに甘味屋さんがございますよ。武家地より町屋のほうが歩いていて楽しゅうございますな」

とおえいは満足げだ。

「養母上、お疲れになりませぬか」

「なんの疲れなど感じる暇がございましょう。ああ、そうだ、この次は深川近辺に遠出したい気分です」

「養母上、ならば落ち着きましたら深川散策を試みましょうか。今津屋のお内儀、お佐紀どのからも、深川名物の宮戸川の蒲焼を店で食してみたいと願われております。お佐紀どのとご一緒に大川を渡りましょうか」

「磐音、その言葉を忘れずにいてくだされ」

と答えたおえいが、

「この界隈の地理には暗いですが、今津屋どのはこの近くではございませぬか」

「養母上、いかにもさようです。ただ今横山同朋町ですから、今津屋の裏手を歩いております」

「磐音、そなたらが日頃から世話になってきた今津屋様にご挨拶したいが、迷惑でしょうかな」

と急に言い出し、

「おえい様、ぜひ一太郎様のお顔を見ていってくださいませ。きっと旦那様もお内儀様も大喜びなされましょう」

とおこんが請け合い、三人は急遽《きゆうきよ》今津屋を訪ねることになった。

おえいが町屋を訪ねることなどめったにない。

今津屋では突然の訪問に驚くどころか由蔵が大感激して、

「ちょうどようございました。小田原からお内儀様の親父様が見えておられますよ」

と急ぎ三人を奥へと通した。

一太郎は風が吹き通る座敷の揺り籠で寝入っていた。

そのかたわらには小清水屋右七とお佐紀の父娘がいて、三人をにこやかに迎えた。

「おおっ、佐々木様におこんさん、いろいろと世話になりましたな」

「小清水屋どの、よう江戸に参られましたな。右七どのは初めてと思うが、それがしの養母です」

とおえいを紹介し、一頻り挨拶が交わされた。それを待ちかねたように揺り籠を覗き込み、

「おお、一太郎様ですか、お健やかにお育ちです」

おえいが満足げに笑い、お佐紀も、

「おえい様、もうしばらくのご辛抱にございましょう。磐音様とおこんさんの間に可愛らしいお子がお生まれになりますよ」

と応じたものだ。

「お佐紀さん、私は未だ信じられませぬ。佐々木家は玲圓の代で断絶と、口には出しませぬが夫婦でそう諦めてきました。磐音がこうして養子に入ってくれ、おこんさんまで嫁に来てくれます。これ以上の幸せはございませぬ」

「おえい様、それもこれも磐音様がもたらされたご運と思われませんか。私が今津屋の奥に嫁いだのも磐音様がおられたからこそにございます」

「ほんにそうかもしれませぬな」

一太郎を囲んで、女たちの会話はいつまでも途切れることはなかった。

二

その夕暮れ、磐音が表猿楽町の速水家におこんを送り、尚武館に戻ると、最前別れたばかりの鶴吉が訪ねてきていた。おえいは今津屋から駕籠に乗り、先に戻っていた。

「鶴吉どの、なにかござったか」

「四郎兵衛様の口利きで新鳥越の玄庵先生が早速うちに見え、おこねの診察をしてくださいました」

「おおっ、それはよかった」

「やはりおこねはやや子を宿しておりまして、三月《みつき》になるそうです」

と鶴吉が言い、

「その後のことです。わっしは玄庵先生の薬箱を持って新鳥越まで見送ったと考えてください。その帰り道、会ったのでございますよ」

「たれにかな」

「遠州相良の新泉寺に集まった五人のうちの一人、琉球古武術の松村安神って武芸者ですよ」

「ほう、一人かな」

「いえ、田沼家の剣術指南伊坂秀誠が一緒でした。わっしが跡をつけますと、五十間道の引手茶屋に入りました」

「吉原で遊興かな」

「へえっ、揚屋町の半籬《はんまがき》三日月楼に登楼することが分かりました。番頭に鼻薬を嗅《か》がせると、伊坂は馴染みとかで、三日月楼に上がった折りは朝八つ半（午前三時）に起きて七つ（午前四時）には大門を出ることが分かりました」

「ほう」

磐音は即座に決断した。

「鶴吉どの、しばし待ってくれぬか。養父上《ちちうえ》に断った上で吉原に参る」

へえっ、と鶴吉が応じて、二人の会話を聞くように見る白山のもとへ歩み寄り、

「おまえは尚武館の番犬か」

と喉下に手を入れて撫でた。

白山も鶴吉が犬好きと見破ったか、すぐに甘える様子を見せた。

「白山、鶴吉どのの相手をしてくれよ」

磐音は今や尚武館の名物番犬になった白山に言い残すと母屋に向かった。玲圓は磐音から報告を聞くと、

「先手必勝と申すゆえ、まず相手がどのようなことを考えているか、探るのも手かのう。十分に気をつけよ」

と吉原行きを許した。

磐音は離れに戻ると、その日の外着の小袖袴《こそでばかま》から普段着に着替えながら、仏壇の友の位牌《いはい》に話しかけた。

「慎之輔、琴平、舞どの。姓が変わり、神保小路に引っ越してきても身辺の多忙は消えぬようじゃ。それどころか益々《ますます》慌ただしくなるようじゃ。そなたら、見守ってくれよ」

着慣れた小袖に袴は付けず、菅笠《すげがさ》を手にした。

脇差を腰に戻し、包平《かねひら》を手に門に向かうと、鶴吉は白山号を尚武館の庭で散歩させていた。

加賀大聖寺藩の家臣だった高瀬少将輔らが尚武館道場破りに参った折り、連れ

てきた犬だ。立ち合いに敗《やぶ》れた高瀬らは無情にも白山を道場に残して立ち去り、白山は尚武館の飼い犬となった経緯《いきさつ》があった。

磐音はふと思い付き、

「白山を浅草まで連れて参ろうか」

と鶴吉に言うと、

「なんぞ役に立ちますか。吉原に入るときは聖天町のうちに置いておけばようございますよ」

とその気になった。

ちょうど尚武館の玄関先に姿を見せた若い住み込み門弟に、白山を同道する旨を母屋に伝えてくれと磐音は言い残した。

話を聞いて納得したか、白山が引き綱を持つ鶴吉を引っ張って門外へと駆け出した。

「白山、そう張り切るな。浅草は遠いぞ」

磐音は鶴吉に白山が飼われた経緯を道々語り聞かせた。

「なんと、白山とは加賀の白山からの命名なのでございますか。するとおまえは加賀生まれか」

磐音と鶴吉が出会ったのも加賀金沢だった。

「鶴吉どの、高瀬なる大聖寺藩の家臣が江戸への道中で拾うたと聞いておる。加賀にゆかりは白山という名だけであろう。なんにしても歩き慣れておるで、浅草くらいはなんでもなかろう」

主《あるじ》に従い、外出できると確信した様子の白山は興奮していた。

神保小路を抜け、表猿楽町から筋違橋御門に出て、柳原土手で用を足した白山は興奮が落ち着いた。

さらに一行は和泉橋で神田川を渡り、武家地を下谷車坂へ出る道を選んだ。鶴吉は花川戸育ちだ。浅草から上野界隈に詳しく、坂本村を抜けて浅草田圃に入り、五十間道の茶屋裏に出た。

すでに春の夜が訪れ、北州の遊里から煌々とした灯りが洩れて夜を焦がしていた。

「旦那、わっしが三日月楼の様子を探って参ります」

鶴吉は磐音に最後まで付き合うつもりのようだ。

「よいのか、おこねどのを一人にして」

「おこねが三月というので、昔馴染みの婆様を住み込みで雇いましたんで。今晩は戻ってこられねえかもしれねえと言い残してございます」

磐音は鶴吉が差し出す引き綱を受け取った。

「ならば会所に待機しておる」

磐音に白山を託した鶴吉が茶屋街の路地へと駆け込み、白山を連れた磐音が悠然と続いた。

刻限は六つ半（午後七時）を過ぎた時分か。大勢の遊客が大門内外に群がっていた。さすがに犬を連れた着流しの侍はいなかった。

（はて白山をどうしたものか）

磐音が大門前で迷っていると、門の中から声がかかった。

「佐々木様、本日はだいぶ風体《ふうてい》が砕けておられますな」

会所の四郎兵衛が廓内巡察から戻ってきた様子で、白山を連れた磐音に目を留めた。

「これは四郎兵衛どの、鶴吉どのの報せで俄《にわ》かに吉原に参りましたが、ふと思い付いて道場から連れてきた飼い犬です。廓内に犬連れではどうしたものかと迷っておったところです」

「会所の土間に繋いでおきなされ」

と四郎兵衛が若い衆に命じ、若い衆が門の外に飛んできて磐音から引き綱を受け取った。

「かたじけない」

白山は訝しげな顔をしたが、磐音が従うと見て安心した。だが、大門を潜り、未だ見たこともない吉原の仲之町の人込みと灯りの渦に圧倒された様子で立ち竦んだ。

「白山、そなたも男よのう。吉原に度肝を抜かれたか」

磐音が笑い、

「まあ、飼い犬を連れて大門を潜った人は珍しゅうございますな」

と四郎兵衛が迎えた。

磐音は鶴吉がもたらした話を四郎兵衛に告げた。そのかたわらには四郎兵衛の腹心か、壮年の若衆頭が控えていた。

「ほう、先日の読売に相手がどういう動きを見せるかと思うておりましたが、やはり諦めてはおりませんでしたか」

「鶴吉どのがもたらしたこたびの話、四郎兵衛どのは相手方が動く前兆と見られましたか」

「古来、遊女屋に泊まりに来る男の中には、死を覚悟した者もございます。佐々木様との戦いは生死を懸けたものと相手も承知しておりますからな。なんとのうですが、田沼様の剣術指南が吉原に案内してきた一事がすべてを物語っておりますよ」

と磐音に答えた四郎兵衛が若衆頭に顔を向け、

「幻次《げんじ》」

と名を呼んだ。

「三日月楼の客の様子を探れば宜しいのでございますな」

若衆頭の返答に磐音が、

「それがしの連れが三日月楼の周りにいるはずです」

「三味芳の次男坊なら顔馴染みにございますよ」

「よしなに頼む」

「へえっ」

幻次は仲之町から揚屋町へと、半纏《はんてん》の裾を翻して遊客の群れに溶け込んで消えた。

「相手が泊まりならば時の余裕もございます。会所でゆるりとなされませ」

と四郎兵衛が磬音を会所に誘うと、白山は土間の大柱に繋がれていた。

その柱は、廓内で刃傷《にんじょう》騒ぎなどを起こした者を繋いでおくものだ。そのせいか白山は落ち着きをなくし、尻尾も下がっていた。

「白山、こちらは知り合いの番屋だ、安心して座っておれ」

磬音のかけた言葉に白山は尻尾を小さく振って応えた。

磬音は四郎兵衛に会所の座敷に招じ上げられ、茶を供された。

表の仲之町から金棒の音が響き、男たちの溜息が潮騒のように伝わってきた。松の位の遊女の花魁《おいらん》道中でも繰り広げられているのか。

座敷の外廊下から若衆頭幻次の声がして、障子がするりと開かれた。

「四郎兵衛様、三日月楼の二人ですが、今宵は九つ（夜十二時）に大門が閉じる前に楼を出るそうです」

「ほう」

「普段の伊坂とは違うな」

四郎兵衛が磬音を見た。

「松村安神と申す琉球人、無口な男のようですが、相方の女郎の話ではなにか思い詰めた様子で、女郎の乳房を鷲摑《わしづか》みにして責めるらしく、その形相は怖いくらいだそうです」

「なんぞよからぬことを考えてのことであろう」

と四郎兵衛が呟き、

「幻次どの、鶴吉どのには会われましたか」

磐音は若衆頭に訊いた。

「鶴吉さんは今しばらく三日月楼を見張り、二人にへばりつくと言ってました」

頷いた磐音は、

「いろいろと有難うございました」

「どうなさるおつもりです」

「会《お》うてみようと思います」

「佐々木様を襲う前に襲われますか」

「仔細を問うのも一手かと」

「話が分かるお相手とも思えない。異例の出世で大名から老中に昇り詰めた田沼様のご家来は譜代の忠臣などおられませんし、それぞれの家来衆がわが身大切に勝手に策動して、なんとか主の心に取り入りたいと手前勝手なことを考えておるのがただ今の状態にございましょう。それだけに佐々木様には迷惑千万の話にございますな」

四郎兵衛は、田沼意次の直の命で動いている話ではあるまい、なんとなく主の意を察して暴走しているのがただ今の状態、と言っていた。

「四郎兵衛どの、吉原に迷惑がかかってもいけませぬ。それがし、大門外にて待機します」

「佐々木様、九つにはまだ時もございます。腹ごしらえなどしてゆるゆると参られませ。客が約束の九つ前に出るような無様は、三日月楼にさせませぬ。ええ、吉原遊女の手練手管は巌も繋ぎとめますよ」

と四郎兵衛が請け合い、その言葉を待っていたように二つの膳が運ばれてきた。

磐音と白山が会所を出て大門外に出たのは、四つ半（午後十一時）過ぎのことだ。白山も会所の若い衆から焼き魚を塗《まぶ》した餌を貰い満足の様子だ。

「白山、われら、吉原に馳走になりに来たのではないぞ」

白山に話しかけつつ磐音は己に言い聞かせていた。

磐音は、なにも時の老中田沼意次とその一派と政争を展開するために佐々木玲圓の後継に、養子に入ったのではないと、常々己の心に言い聞かせてきた。

縁あって西の丸の徳川家基の人柄に接したとき、この若者こそ十一代将軍の座に就き、屋台骨が揺らぐ幕藩体制を建て直す切り札と確信した。その若武者を排斥して自分の意のままの政事を執行しようという田沼の考えだけは許せなかった。

天下万民のために家基を護持する、玲圓と磐音の暗黙の了解事項だ。

そのために暗闘を避けて通れないと磐音は思っていた。

大きく曲がりくねった五十間道の上、日本堤から必死の勢いで駕籠が下りてきた。どこぞのお店の番頭が馴染みの女郎のもとへと駆け付ける姿だろう。

吉原を監督する町奉行所が吉原に許した楼仕舞いは四つ（午後十時）だ。だが、吉原には吉原独特の時が存在した。

正四つの拍子木を九つ近くまで伸ばして打ち、その直後に、

「引け四つ」

と称する正九つの通告を為した。

この結果、吉原は一刻（二時間）近く営業時間が延びて、夜半九つ近くまで商いがなった。むろんこの吉原の勝手には莫大《ばくだい》な賂《まいない》が幕府要人の懐に贈られていた。

駕籠は大門前で止まり、客が転がり出ると廓内に駆け込んだ。

磐音と白山は五十間道の路地の暗がりに身を没させた。すると、

ひゅっ
という冷たい風が衣紋坂の方角から大門へと吹き下ろし、馬糞《ばふん》交じりの砂塵《さじん》を巻き上げた。

夜の闇に白山の気配を察したか、どこかの飼い犬が吠えた。

閉じかけられた大門からふいに二つの人影が現れた。一人は羽織袴の武家で、もう一人は大きな縞柄《しまがら》のゆったりとした小袖のようなものを着ていたが、丈が短く小袖とは明らかに仕立てが違った。腰には小刀を一本差しただけの姿で、頭には棕櫚《しゅろ》で編んだ笠を被っていた。

その者の背丈は五尺四、五寸か。

伊坂秀誠が駕籠でも探す目付きで五十間道を眺めたが、駕籠どころか人影一つなかった。

二人は衣紋坂を目指して歩き出した。

ぎいっ
と大門が閉ざされ、通用口から別の一人が忍び出た。

鶴吉だ。

空っ風がまた吹き上げた。砂塵が収まったとき、二人の前に着流しの磬音が立っていた。

「何者か」

伊坂秀誠が問うた。

「お手前方が会いに参らんとしておる者にござる」

「なにっ」

伊坂が身構え、しばし磐音を凝視した。

松村安神は両手を交差させて懐に突っ込んだ。

「佐々木磐音か」

「いかにも」

「何用あっての待ち伏せか」

「笑止なり、伊坂どの。西国にて橘右馬介忠世どのら五人の武芸者を雇うて、遠州相良に集めた事実、それがし、すでに承知にござる」

「な、なんと」

という驚きの声が吐かれ、伊坂秀誠が草履を後ろに飛ばし、刀の柄《つか》に手をかけた。

「またこの吉原にてそなたの用人庄村どのが、それがしや小林奈緒どののことを調べ歩いたことも知っておる」

松村安神が懐の両手を抜いた。それぞれ手に奇妙な武器があった。馬蹄《ばてい》形をした鍛鉄におよそ二尺の長さの紐が付けられ、紐の端は手首に巻かれていた。

松村が伊坂から横手に一間ほど移動して、磐音を斜めから見る位置に立った。

伊坂が剣を抜いた。

五十間道の坂上に位置した磐音は剣も抜かず、坂下の伊坂は必殺の突きの構えを見せた。

そして松村安神は馬蹄形の鍛鉄の柄を握った右手を上から下に、左手は下から差し上げる体で、両手で体の斜め前に、

「円相」

のかたちに構えた。

松村が左右の手にした得物《えもの》は南蛮鉤《なんばんかぎ》と呼ばれ、刀剣の携帯を許されなかった琉球人が懐に隠し持った得物の一つだ。幼少の頃から鍛え上げられた唐手《からて》の技と一緒に使えば、必殺の武器になった。

使い方は相手の手首を馬蹄形の鍛鉄で挟み、捻《ひね》って逆手に取ったり、喉首に馬蹄型の鍛鉄を押し付けて頸動脈《けいどうみゃく》を圧迫するなど自在に使えた。

再び磐音の背から馬糞交じりの烈風が吹いた。
その瞬間、松村安神の五体が虚空に飛んでいた。

三

物凄《ものすご》い跳躍力だ。半身の松村の右足がぴーんと伸びて磐音を見下ろすように迫ってきた。左足の膝は折り曲げられていた。そして、南蛮鉤が円相のままに伸びてきた。
磐音は逃げなかった。反対に背を丸め、松村に向かって踏み込んだ。
松村の折れ曲がった左足が鋭い弧を描き、
ぶうん
と音を立てて伸ばされ、磐音の踏み込む首筋に向かって巻き込むように蹴られた。
それは圧倒的な破壊力を予感させた。
磐音は両膝を折るとその場に、
ぺたり

と突いて姿勢を低くした。

磐音の頭上を凶器の左足が空《むな》しくも襲い、掠《かす》め過ぎた。

磐音の前面にいた伊坂秀誠が突きの構えのままに突っ込んできた。だが、伊坂は構えた切っ先の狙いを変えねばならなかった。

磐音が両膝を突いた姿勢で腰の包平を抜き放った。それが踏み込んできた伊坂の胴へと送り込まれ、狙いを下げた伊坂の切っ先が磐音の鬢《びん》を掠めた。

その直後、包平が伊坂の胴に斬り込まれて体ごと横手に飛ばしていた。

「げえっ」

白山の威嚇《いかく》する声が響いた。

磐音は膝を突いたまま振り向いた。

松村の第二の攻撃を恐れたゆえだ。

琉球の武人は着地した姿勢で白山の攻撃を受け、二の手を遅らせていた。

松村は鋭い蹴りや南蛮鉤を白山へと二度、三度見舞ったが、その度に毛を逆立てた白山は飛び下がり、攻撃を俊敏に避《よ》けていた。

「白山、ようやった。あとは任せよ」

主の言葉を聞いた白山は尻尾を振ると、

うおおん
と吠えた。

松村が磬音に集中して相対した。

「参る」

間合いは二間半。

跳躍力を保持した松村安神に有利な間合いだ。

棕櫚笠を被った顔が磬音を睨んだ。そして、正対して右手の南蛮鉤を肩横に、左のそれを突き出すように構えた。

その構えは跳躍を、蹴りを捨てた構えにも思えた。

磬音は包平を正眼に取った。

剣者と武人は互いの眼を見合ってその時を待った。

吸う息、吐く息。

辺りの夜気をかすかに振動させ、止まった。

すすすっ
と松村が前進してきた。同時に左の南蛮鉤が前へ突き出され、引かれ、また前へ突き出された。馬蹄形の鍛鉄が磬音の喉首を狙っていた。

（違う）
と磬音は思った。
小刻み迅速に前後する左は牽制だ。それに引っかかり、磬音が包平を突き出せば南蛮鉤に絡め取られて動きを封じられ、その隙に右手の南蛮鉤が磬音の喉首を襲い、喉を潰されるだろう。
磬音はそれでも正眼の包平を松村の首筋に伸ばした。
前後に動かされつつ間合いを詰めた左手の南蛮鉤が、
がっちり
と包平を捉えた。
その瞬間、磬音が意表を突いた動きを見せた。
剣術家の絶対の武器、大刀を相手の南蛮鉤に預けるように柄から手を離した。
松村は南蛮鉤に挟み込んだ包平を捻《ひね》り上げようとして、
ふわり
と相手の得物から力が抜けたことを悟った。
「ううっ」
一瞬、松村の動きが止まった。

右手の南蛮鉤の突き出しがその分遅れた。

磐音は眼前に松村を見つつ、腰に残された脇差を松村の胴へと抜き打っていた。

松村の南蛮鉤が磐音の喉下に突き出される前に、脇差が、ふわりとした縞模様の衣装を着けた胴を深々と薙《な》いだ。

「うっ」

と松村の口から息が吐き出され、上体が竦んだ。だが、武人の本能で攻撃は継続されていた。

磐音の内股《うちもも》を蹴り払うように、足がしなやかに伸びて巻きついた。同時に松村の体が横へよろめいたために、磐音の脛裏《すねうら》を足蹴りが流れ、十全の打撃ではなかった。それでも磐音がよろめくほどの、鋭くもしなやかな蹴りだった。

松村の体の動きに合わせるように、南蛮鉤が絡め取っていた包平が虚空へと飛ばされ、五十間道の引手茶屋の閉じられた戸に突き立った。

磐音はなんとか立ち姿勢を保った。

どさり
と松村が崩れ落ち、うつ伏せに転がった。

「ふううっ」

と息を吐く磐音の脛裏に痛みが走った。

脇差を構えたまま片足を引きずり、松村に歩み寄った。

松村の顔が地面を擦りながら磐音のほうへ向けられようとした。だが、顔を上げ得る力は残されていなかった。棕櫚笠の間から片目だけが磐音を睨んで、

「恐ろしや、坂崎磐音」

「それがし、佐々木磐音に改名し申した」

「われら刺客五人、坂崎磐音を斃すことを念じてこの刹那を迎えた。残るは三人、手強いぞ」

「承知してござる」

松村安神が噎《む》せて、五体が激しく痙攣《けいれん》を始めた。そして、その痙攣が弱まり、

「む、無念なり」

の声が弱々しくも吐き出されて、
ことり
と息絶えた。

(恐ろしきは琉球人の武芸)

磐音は脇差を鞘に納めると両手を合わせて合掌した。

目を再び開いたとき、かたわらに鶴吉が抜き身の包平を下げて立っていた。そして、その足元に白山が控え、大門前にも四郎兵衛ら吉原会所の面々がいた。

「旦那」

「鶴吉どの、足が痺《しび》れておる」

「佐々木様、吉原の関わりの医師のもとへ参られませぬか」

歩み寄ってきた四郎兵衛が磬音に問うた。

「いや、真の打撃はなんとか避けられたので、骨は折れておりますまい。それでも数日は腫《は》れましょうな」

と腰から包平の鞘を抜くと、

「鶴吉どの、かたじけない」

と抜き身を受け取り、鞘に納め、腰には戻さず杖《つえ》代わりに軽く突いた。

四郎兵衛が若い衆を呼ぶと何事か命じた。若い衆が心得て大門の通用口へと走り消えた。さらに四郎兵衛が残された会所の面々に、伊坂秀誠と松村安神の亡骸《なきがら》の始末を命じた。

「会所に迷惑がかかりませぬか」

「なんの。この五十間道は廓外とは申せ、吉原の息がかかった土地にございますでな、どのような始末でも付けられます」

「かたじけない」

磐音は痺れた足を踏み出そうとしたが、磐音が考えたほどには動かなかった。

「佐々木様、無理は禁物にございますぞ」

四郎兵衛が言い、磐音は包平に縋《すが》って立っているしかなかった。

「佐々木様、腰を下ろして下せえ」

若い衆の一人がどこから運んできたか、空樽《あきだる》を差し出し磐音を座らせた。そこへ先ほど吉原に走り戻った若い衆がなにかを抱えて帰ってきた。

「佐々木様、打ち身捻挫《ねんざ》には馬肉にございますよ。ちょいと失礼いたしますよ」

「四郎兵衛どの自ら申し訳ございませぬ」

「なんのことはございませぬ」

四郎兵衛が着流しの小袖の裾をめくり、松村安神が蹴り掠めた脛裏を触り、

「早、腫れていますよ」

と竹皮を解いて馬肉の平たい塊を患部に当て、晒《さら》し木綿《もめん》で手際よく巻いてくれた。馬肉がひんやりとして気持ちがいい。

「佐々木様、今晩会所に泊まられますか」

「明朝、稽古もござれば、道場に戻っておきたいと存じます。治療していただいたお蔭で痛みもだいぶ和らいだ感じがいたします。ゆっくり歩けばなんとかなりましょう」

「神保小路までは遠うございますよ」

さらに四郎兵衛が何事かを命じた。すぐに駕籠が用意され、

「滅多に使うこともございませんが、会所の駕籠ですよ。うちの若い者を付けますで、遠慮なく使うてください」

と磐音は会所の乗り物で五十間道から神保小路へ戻ることになった。

「四郎兵衛どの、なにからなにまで世話になり申した。改めてお礼に参上いたします」

「そんなことはどうでもいいが、祝言の日までに怪我を治さないと、おこん様に叱られますぞ」

という四郎兵衛の言葉に見送られて、吉原大門前の五十間道を後にした。

翌朝の稽古に磐音は出たが、残念ながら拭き掃除もできないほどに足が腫れていた。

「若先生、どうなされた」

依田鐘四郎らが竹刀を杖代わりに足を引きずる磐音の身を案じた。そこへ玲圓も姿を見せた。

鶴吉と吉原会所の面々、白山を従えた磐音は、夜半八つ（午前二時）過ぎに尚武館の門前に到着した。駕籠を降りた磐音は鶴吉らの肩を借りて通用口を潜り、離れ屋に向かった。その騒ぎを玲圓も察していたらしい。

「養父上、夜分お目を覚まさせましたか」

「どうしたな、その足」

「不覚にございました」

と前置きした磐音は玲圓や鐘四郎ら高弟に、吉原大門前五十間道の戦いの経緯と結果を話した。

「なに、松村安神の得意は南蛮鉤であったか、話には聞いたことがあるが、わしは未だ見たことはない」

「両手に馬蹄形の南蛮鉤、さらには両足から繰り出される蹴り、薙ぎ、払いがすべて恐ろしい武器に変わります」

「ふうっ」

と玲圓が息を吐き、

「五人の刺客のうち、二人までを倒したところで怪我を負うたか」

「数日もすれば腫れは引きましょう」

「うーむ」

玲圓が返答し、鐘四郎ら尚武館高弟も一応安心した。

磐音は、この朝、見所に腰を下ろしたまま稽古を見て、井筒遼次郎、速水杢之助ら初心組の指導を言葉だけでした。

初心組の稽古が終わった刻限、道場に中川淳庵が姿を見せた。

「おや、中川さん」

「あなたは、怪我をしているのに休むことを知らぬのですか」

「よくもまあ、それがしが怪我をしたことをご存じですね」

「鶴吉と申す者が屋敷に参り、ちとお耳にと知らせていったのです」

鶴吉は磐音の身を案じて一晩離れに泊まっていったのだ。その鶴吉が聖天町に戻る道すがら気を利かせて淳庵に報告していったようだ。

「鶴吉どのの機転でしたか」

「あなたがおられなくても、尚武館は玲圓先生をはじめ、高弟衆もおられる。ちゃんと稽古はできるでしょう」

「中川さん、これは道場のためではございません。武人という者、一日稽古を怠れば筋肉も勘も衰え、それを取り戻すのに三日はかかります。体を動かせないまでも道場に立ち会うことが大事なのです」

「困った御仁かな」

中川淳庵が連れてきた薬箱持ちの見習い医師を呼び、

「大先生、見所を診察台代わりにしてようございますか」

と玲圓に断った。

「お好きなようにお使いくだされ」

と答えた玲圓も、淳庵が稽古着の裾を上げ、患部に巻かれた晒し布を解くのを見物した。

「吉原会所の四郎兵衛どのが、打ち身には馬肉がよいと応急の手当てをしてくれたのです」

「それは適切な処置かな。ほれ、このように患部の熱を吸い取って生暖かくなっています。もはや効果はないいな」

松村安神の蹴りの間合いと距離を外したつもりだが、それでも磐音の掠め蹴られた脛裏は赤紫色に変わり、大きく腫れていた。

淳庵が患部を指先で押し、丁寧に骨をなぞって折れていないかどうかを調べた。

「確かに骨は折れておらぬようだな」

「あの蹴りをまともに食らえば、それがしの脛など粉々に砕けていたことでしょう」

「真に恐ろしき相手であったな」

玲圓も患部の腫れを見て、松村の怖さを得心したように呟いた。

淳庵が南蛮渡りの練薬を患部に塗布し、膏紙を当てると包帯で巻いてくれた。

「若先生、熱はないですか」

磐音の額に手を押し当てた淳庵が、

「本日の指導はこれくらいでよいでしょう。かなりの高熱を発しておられますよ。今日くらいは体を休めてください。これは医師の命にござる」

と磐音に言った。

「磐音、医師どのの言うことは聞くものじゃ」

玲圓もその言葉に同調し、磐音は淳庵らに付き添われて離れ屋に下がった。

離れ屋に床が延べられ、磐音は熱を下げる薬を飲まされて寝た。淳庵が額に濡

れ手拭いをあてたところまでは覚えていたが、
すとん
という感じで意識が途絶えた。

どれほど眠り込んだか、額の濡れ手拭いが替えられ、磬音は目を覚ました。するとおこんの顔が磬音を覗き込んでいた。

「おや、おこんさん」

「おや、おこんさんではありません」

「随分と眠り込んだようじゃな」

離れ屋の障子に当たる陽は西に傾いたことを示していた。

「淳庵先生の熱冷ましには眠りを誘う薬も調合してあったそうです。先生は、打ち身より、眠りもせずに他人のことに走り回っている身が案じられる、と言っておられました」

「そういえば正体もなく寝入っていたようじゃ」

「体が眠りを欲しているのです。あまり無理はなさらないでください」

「すまぬ、心配をかけたな」

「磬音様お一人の体ではないのですから」

「いかにもさようであった」

と素直に応じた磐音に、

「杢之助様も右近様も、磐音様の身を案じて私に知らせてくれたのです」

「そうであったか」

磐音は布団の上に身を起こすと、

「おこんさん、喉が渇いたし腹も空いた」

と願った。

「目を覚ました早々、水とご飯の催促ですか」

おこんは磐音に湯飲みで水を飲ませると、

「おえい様に夕餉の膳をお願いしますからね」

と言い残すと離れ屋から姿を消した。

「旦那」

と離れ屋の玄関先で声がした。鶴吉だ。

「鶴吉どのか、上がってくれ」

鶴吉が姿を見せて、

「いや、どんなふうかと加減を見に伺ったら、門弟衆が寝ておられると言われるんで、びっくりしました」

「鶴吉どのが気を利かせてくれたお蔭で中川さんが見えられてな、打ち身の治療の後に熱を下げる薬を与えられたのだ。それに眠りを誘う薬が調合してあったらしく熟睡いたした」

「そうでしたか」

と鶴吉がほっとした表情を見せた。

「鶴吉どの、来た早々申し訳ないが、帰りにちと用を頼まれてくれぬか」

「なんなりと」

「上野北大門町の読売屋に立ち寄ってな」

と磐音は鶴吉に朝右衛門への言伝《ことづて》を頼んだ。それが終わったところにおこんが膳を運んできた。

「おや、好物の鯖《さば》の味噌煮《みそに》が菜にあるぞ」

磐音は莞爾《かんじ》とした笑みを浮かべると箸を取り上げ、合掌した。

「おこんさん、足を投げ出して食する無作法、お許しあれ」

と呟いた磐音の脳裏にはすでに目の前の夕餉しかなかった。

四

温かい陽気が数日続いた。いつの間にか梅の季節が去り、桜の候を迎えようとしていた。

尚武館の母屋と道場の間にある桜の木が硬い蕾《つぼみ》を見せ始めていた。

磐音が離れ屋に籠った翌日の夜、吉原会所の四郎兵衛が密かに尚武館の離れを訪れた。同席したのは玲圓ただ一人だ。

「若先生、あの者の蹴り、だいぶ堪《こた》えたようですな」

「四郎兵衛どの、わざわざのお見舞い有難うございます」

「お見舞いもございますが、大先生と若先生にお許しを得たく、神保小路に参上いたしました」

「四郎兵衛どの、なんでございましょう」

磐音は熱で浮かされた頭で訊いた。

「二つの亡骸の始末にございますよ」

「造作をかけました」

「いえ、そんなことはどうでも宜しゅうございますが、最初は吉原近辺の投げ込み寺に放り込もうかとも考えました。だが、どう考えても理不尽なのは、どこぞのお方です。そこで勝手な話ですが、老中様の門前に二人の亡骸を密かにお届けしておきました」

「ほう、それはそれは」

と玲圓が満足げでもあり、かつ厄介そうにもとれるなんとも微妙な表情を見せた。

「明け方、門番が早桶《はやおけ》に気付きましてな、それからの大騒ぎたるや若先生に見せたかったですよ」

四郎兵衛は平然としていたが、いわば老中田沼意次に宣戦布告をしたようなものだ。

「若先生のお許しも得ずにちとやりすぎたかと、お詫びに上がった次第でございます」

「四郎兵衛どの、亡骸の始末を一任したのはそれがしです。四郎兵衛どのがどう決着をつけられようと構いませぬ」

と磐音はぼーっとする頭で答えていた。

四郎兵衛が尚武館を訪れた翌日、佐々木磐音と琉球の武人松村安神との、吉原五十間道での深夜の死闘の模様を告げる草双紙風の読売が江戸じゅうに売り出され、大騒ぎになった。

もはやだれもが、尚武館の若先生佐々木磐音に対する西国出の五人の武術家の一方的な挑戦を承知していた。

松村安神の巻き付くような蹴りが磐音に与えた損傷と痛みは想像以上のものだった。

中川淳庵は連日尚武館の離れ屋を訪れ、治療に当たった。それでも痛みと腫れが引いたのは三日後のことだ。

その間、おこんは介護に通ってきておえいと一緒に昼餉を拵えてくれた。

上野北大門町の読売屋の朝右衛門が健筆を振るった読売に他の読売屋も追随し、今や江戸じゅうの話題をかっさらっていた。湯屋、髪結い床、人の集まるところならどこでもこの話で持ちきりだった。

「おい、この夕の字たあ、田沼意次様だな」

「あったり前《めえ》だ、べらぼうめ。老中はなんとしても佐々木磐音って若い剣術家とよ、尚武館を潰したいのさ」

「どうしてよ」

「どうしてたって、田沼老中の目障りだからよ」

「だからさ、なんで目障りなんだ」

「そんなこと知るかえ」

と日本橋の高札場の前で、職人二人が読売を手に声高に話していた。そこへどこぞの隠居が通りかかり、

「おまえさん方、声が大きいよ。御城に聞こえるよ」

「ご隠居、城じゃねえ、田沼屋敷じゃねえのかえ」

「まあ、そうだ」

と窘めた隠居が足を止め、

「大きな声では言えませんがな、この田沼様の家来が西国を廻って腕の立つ剣術家を五人も探した背景にはさ、西の丸様が関わっておられるのさ」

「なに、ご隠居、家基様が夕の字に命じたってか」

「おまえさん、反対だよ。田沼様は、幼少の砌《みぎり》から聡明な家基様が十一代将軍に就かれることを恐れておられるのですよ。家基様が公方様になられれば、今のような賂政治はできませんからな」

「なあるほど」

と得心した職人の一人が、

「これとさ、尚武館の若先生とどう関わるんだ」

「そこです」

「どこです」

「あなた、どこですって私の指先見たって駄目ですよ。神保小路の直心影流佐々木道場は千代田の御城近くにございますな。それほど昔から公方様と繋がりが深いんですよ。それが証拠《あかし》にさ、禄を離れて数十年も過ぎたというのに大名家や大身旗本が拝領を許された武家地に今も道場を構えて、直参旗本の子弟に剣術を教えておられる。尚武館佐々木道場は徳川家の道場といってもいいんですよ」

「それくらいおれにだって分かるぜ、ご隠居」

「いいや、分かってはいないようだ。佐々木家は、徳川家の影の御近習衆と私は見ましたねえ」

「ふむふむ、それで」

「佐々木家の当代は九代玲圓様だ。この方は人格、識見、剣術の腕も申し分なく、家治様の御側衆《おそばしゅう》方とも昵懇で、御側御用取次の速水左近様とは無二の親友、剣友ですよ。それだけに家治様、家基様と佐々木家は、御側衆を通じて密かなる忠義心で結ばれておられます」

「ほう、そうかえ」

「ですが、玲圓様には一つだけ弱みがあった」

「なんだえ、ご隠居」

「後継がいなかったんですよ。玲圓先生の代で佐々木道場は終わると、玲圓先生も覚悟なされたと洩れ聞きましたよ。そんなとき、数多《あまた》の門弟衆の中で頭角を現したのが、豊後関前藩六万石国家老の嫡男坂崎磐音って人物だ」

「ご隠居、知ってるぜ。両替屋行司今津屋の用心棒だったお侍だ」

「いいや、深川六間堀の鰻処宮戸川の鰻割きだった浪人だ」

「お二人とも少しずつあたってますよ。坂崎様は仔細あって、坂崎家を出て深川に住まいしながら佐々木道場で修行し、ついには後継に認められた人物です。今津屋と親しいのも事実、深川住まいもほんとの話です。この方が佐々木家の後継に入られたのを不快に思われるお方もございましょう」

「ああ、そうか。馬場先の夕の字かえ」

「いかにもさようです。佐々木家の後継をなんとしても暗殺し、尚武館を潰しておきたいと考えたっていうのが、こたびの五人の刺客が送り込まれた背景と愚者は推察いたしますがな」

「ぐしゃってなんだえ、ご隠居」

「愚者ってのは己を謙《へりくだ》っていうときの言葉です」

「愚者のご隠居、この先、どうなる」

「佐々木の若先生は平内流久米仁王と琉球古武術の松村安神を斃された。残る三人は難敵ばかりです」

「佐々木磐音が危ないってか」

「そこですよ。この読売だ。江戸じゅうが夕の字の横暴を承知ですよ」

「おうさ、おれっちは神保小路の味方だぜ」

「あなたばかりではございますまい。尚武館の若先生のお味方はさ、江戸じゅうがそうですよ。となるとすぐには夕の字も残る三人をそうそう容易《たやす》く唆《けしか》けられないと見ましたね。おそらく残る三人の腕利きを解き放つ」

「諦めたか」

「いや、そうではありませんぞ。若先生には祝言が控えておられる」

「今小町のおこんさんが嫁だってな」

棒手振りが話に加わった。

「それです。愚者は、夕の字はしばらく佐々木道場の動きを静観し、油断をしたところを、三人に襲わせると見ましたな」

「汚ねえじゃねえか」

「とかくご政道の裏というものは醜いものです」

と隠居が話を纏めた。

脛裏の腫れが引き、痛みが消えたのは、五十間道の戦いから五日ほど経《た》った日のことだ。

陽気がさらによくなり、桜の便りもあちらこちらから聞かれるようになっていた。

磐音は久しぶりの朝稽古に出た。ちょうど拭き掃除が終わった刻限だ。

「若先生、もう大丈夫なのですか」

と元師範の依田鐘四郎が嬉しそうな顔で言いかけた。

「師範にも皆にも迷惑をかけ申した。相すまぬことでした」

「大先生が連日道場に立たれましたゆえ、われら門弟一同、なかなか気を緩めることができませんでした」

とでぶ軍鶏こと重富利次郎が言うのを、折りから道場に入ってきた玲圓が聞き、

「利次郎、そなたには迷惑をかけたようじゃな」

「えっ、これは内緒話にございます」

「内緒話か。いずれにせよ利次郎に迷惑をかけておるときが華やもしれぬ。利次郎、お相手を願おうか」

「はっ、はああ」

と恐縮した利次郎が緊張の体《てい》で玲圓と打ち込み稽古を始め、いつもの尚武館の朝がやってきた。

磐音は退屈しのぎに床の上に座ったまま、時には白山の散歩と称して木刀を片手に尚武館を抜け、神田川の土手に出ると木刀を振り回して一人稽古をやってきた。片足が利かぬだけで他の手足の動きに差し障りはなかった。

そんな一人稽古をこの三日ばかり続けてきたが、道場での激しい打ち込み稽古とは比較にもならない。木刀の素振《すぶ》りで筋肉の動きを確かめた後、道場の隅に行き、真剣の抜き打ちを繰り返して勘を取り戻そうとした。

そのかたわらでは遼次郎ら初心者が稽古をしていた。

一汗かいたところで、

「遼次郎どの、相手をしてくれぬか」

と願った。

「はっ」

遼次郎が尚武館に入門してそろそろ二十日が過ぎようとしていた。十三、四歳の初心者と竹刀や木刀の素振りから始めるのは辛《つら》いものがあろうが、遼次郎は素直に耐えていた。

直心影流尚武館道場の技を身につけるための基本稽古ではない。これまで各々が身につけてきた間違った動きやかたちを削ぎ落とすための稽古だった。

「おお、遼次郎どの、よう辛抱したな。入門したてより格段に上達しておるぞ」

「磐音様、それがし、木刀の型稽古と身のこなしを繰り返し教え込まれただけですが、ほんとうに上達しておりますか」

「今は分かるまい。この過程を経るかどうかで、後々伸びが違うてくる。尚武館道場の稽古方法を信ずるがよい」

磐音に褒められた遼次郎は、ほっと安堵の表情を見せた。

朝稽古が終わる頃合い、鶴吉が尚武館を訪れ、高床に座って稽古を見物した。

磐音が鶴吉に歩み寄り、

「鶴吉どの、その節はいかい世話をかけ申した」

「なんの。若先生、どうやら体は回復されたようですね」

「祝言の席で正座もできぬでは、無作法の謗《そし》りは免れまい。あと二日もすれば大丈夫と思う」

磐音の心配は稽古より正座にあった。

「理由が理由です、それも致し方ございますまいが、わっしの目にももはや大丈夫と映りました」

「鶴吉どの、それがしの容態を確かめに来られましたか」

「会所の四郎兵衛様からの言伝にございます」

「ほう、四郎兵衛様の言伝とな」

「へえっ、四郎兵衛様は田沼に関わりのある屋敷に見張りを付けられました」

「そのようなご配慮を。鶴吉どの、そなたも手伝われたか」

へえっ、と照れた鶴吉が、

「木挽町の田沼様のお屋敷から本未明、小舟が出まして、品川宿まで三人の武芸者を送り届け、目黒川河口を入った中ノ橋で降ろしたので」

「橘右馬介忠世どのらか」

「へえっ」

「それがしを暗殺する任を解かれたのであろうか」

「四郎兵衛様は、遠州相良に戻り、時を待って再上府をしてくるのではないかと見ておられます」

（強敵去る）

磐音は安堵の体で頷き、

「鶴吉どの、四郎兵衛どのの有難き配慮に感謝の言葉もござらぬ」

「滞りなくおこん様との祝言が挙げられますな」

「嬉しいかぎりじゃ」

磐音は素直に感謝した。


その日、磐音は鶴吉を伴い、昌平橋近くの若狭小浜藩の上屋敷に中川淳庵を訪ねた。すると日頃は厳しい門番が、

「尚武館の若先生、足を怪我されたと聞き及びましたが、もう宜しいので」

と気にかけてくれた。

「真に恥ずかしい次第にござる。じゃが、当家の中川先生の治療でかように歩けるよう回復し申した。本日はお礼に伺うたが、先生は屋敷におられようか」

門番から玄関番の若侍に磐音の意が伝えられ、しばらくすると淳庵自ら玄関先に姿を見せて、

「ほう、さすがに当代一の剣客。治りも早いですね」

と笑いかけた。

「これも偏《ひとえ》に中川先生のお力にございます」

「若先生、なんでも治りかけでこじらせると治癒《ちゆ》が長引きます。折角です、わが診療室にお上がりください」

と屋敷内の淳庵の長屋に連れていかれ、診察と湿布の付け替えをしてもらった。

「これで祝言の日には完治しているでしょう」

「中川さん、改めてお礼に参上します」

「なんの、そのようなことは気にしないでください。祝言の日を楽しみにしていますよ」

という淳庵の言葉に見送られて若狭小浜藩の上屋敷を出た。

「ふーうっ」

と鶴吉が門を出たところで大きな息を吐いた。

「旦那と一緒だと、なにが起こるかしれねえや。まさか大名家の上屋敷の奥へ入ろうとは考えもしませんでしたぜ」

「中川さんはご家臣ながら武家方ではないし、洒脱の上に寛容なお人柄でござる」

磐音は足慣らしに昌平橋を渡り、神田川の左岸を筋違橋まで下り、下谷御成道を通って下谷広小路へと出た。

行き先は上野北大門町の読売屋だ。

昼下がりのこと、朝右衛門が文机《ふづくえ》に頬杖《ほおづえ》を突き、何事か思案していた。

「朝右衛門どの、こたびはいかいお世話になり申した。こちらに迷惑がかからなかったかな」

「おおっ、若先生。足はもう大丈夫のようですね」

朝右衛門が頬杖を解くと唇の端からよだれが長く伸びた。だが、朝右衛門は慌てるふうもなく袖でそれを拭いとった。

「今のところ夕の字も町方もなにも言ってきませんな。なにしろうちに煽《あお》られ、江戸じゅうの読売屋が若先生と五人の剣術家の勝負を書き立てましたからね、うち一軒始末するのが難しいのでございましょうよ」

と朝右衛門は平然としたものだ。

「それよりなにより若先生のお蔭で、うちが真っ先に書かせてもらったために、読売の売れ行きがいつもの何倍だ。久しぶりに稼がせてもらいました。あと三人残っておりましょう。もう少し広いお店に引っ越す費用くらい稼がせてもらいたいもので」

「そのことにござる」

「次の勝負はいつのことです」

磐音は鶴吉からもたらされた情報を告げた。

「おやまあ、柳の下の三匹目を逃しましたか」

「いずれ戻ってきますさあ、そのときまで朝右衛門さん、この一件は封印だ」

と鶴吉が言い切った。

「となると新ネタを探さなきゃなるまいな」

と思案する体の朝右衛門が、

「若先生、おこんさんとの祝言はいつですね」

と訊いた。

「あと四日後だが、それがしの祝言では読売は売れまい」

「いえ、尚武館の若先生と今小町のおこんさんの祝言ですよ。書き方によっては売れネタに化けるかもしれませんぜ」

と江戸の読売屋の老人が眠るような目で思案した。

五

佐々木家の敷地のあちらこちらに何本かの梅と桜が植えてあるが、母屋と離れの間にある桜は五十年は超えようという幹周りが七、八寸の老樹だった。花が咲き終わった梅には葉が生い茂り、そして、交代するように桜が一つふたつと花を綻《ほころ》ばせ始めていた。

磐音とおこんの祝言の前日、初夏を思わせる陽気で一気に開花した。

祝言の日、尚武館佐々木道場は、さすがに稽古は休みと申し渡されていた。

磐音は八つ半前に起床し、井戸端で水垢離《みずごり》をすると稽古着に着替え、種火を持参して道場に入った。

暗黒が支配する道場に入るとき、磐音は広い道場に侵入者が潜んでおらぬかと神経を鋭敏にして観察した。だが、その気配はないように思えた。

吉原会所の面々と鶴吉の見張りの結果、木挽町の田沼屋敷に潜んでいた刺客三人は江戸を離れたという話を得ていた。

磐音は見所脇に用意されている行灯に種火を移して灯りを点した。

見所前に座した磐音はかたわらに包平を置くと神棚に向かい、作法に則《のっと》り拝礼した。その後、しばし瞑想して気を鎮めた。

じりじり

と行灯の灯心が燃える音だけが響いていた。

磐音は包平を引き寄せるとゆらりと立ち上がり、腰に差した。

直心影流の流祖山田平左衛門光徳《やまだへいざえもんみつのり》、始祖長沼四郎左衛門国郷《ながぬましろうざえもんくにさと》と佐々木家初代実宗《さねむね》に流儀の奥伝を奉納するため、磐音は包平をゆるゆると遣った。

磐音は直心影流佐々木道場の十代目として尚武館を率いていくことになる。その覚悟を込めて丹念に技を奉納した。

直心影流奥伝留めの手まで披露し終えたとき、人影がした。

「若先生」

重富利次郎ら住み込み門弟だ。

「祝言だというのに今朝もお稽古ですか」

と呆れ声だ。

「この数日、体を動かしておらぬでな」

「道場の模様替えに参りましたが宜しゅうございますか」

その日、道場が磐音とおこんの祝言の宴の場となるのだ。

「頼もう」

磐音は神棚に拝礼すると道場から引き下がった。すると養母のおえいが、

「磐音、朝湯が立っております。汗を流しなされ」

と声をかけてきた。

「養父上はお入りになられましたか」

「本日はそなたにとって格別な日です。まず新湯で稽古の汗を流しなされ」

と命じた。

「ならば遠慮のう使わせていただきます」

衣裳籠に真新しい下帯、長襦袢《ながじゅばん》、継裃、足袋《たび》が用意されていた。おこんが磐音の介護をしながらすべて整えた晴れ着だ。

衣裳籠を抱えて母屋の湯殿に入ると、釜前《かままえ》から佐々木家の老奉公人が、

「若先生、本日はおめでとうございます」

と声をかけてきた。

「造作をかけるな」

佐々木家の湯船は尚武館改築の折り、大工の棟梁《とうりよう》の銀五郎《ぎんごろう》が玲圓に、

「先生、母屋の湯船がだいぶ傷《いた》んでますよ。この際だ、湯船を新しくしましょう」

と知り合いの風呂桶職人を連れてきて新しく作った檜《ひのき》の湯船だ。

磐音はこの朝二度目の水垢離をして湯に身を沈めた。

「ふうっ」

と小さく息を吐く。

花嫁のおこんは朝の間に佐々木家に到着し、母屋で親しい人々のみが参列して、仲人野中権之兵衛夫婦の媒酌《ばいしやく》で三々九度の盃事を済ませ、早々に祝言の場の道場に移ることになっていた。なにしろ大勢の参列者だ。入れ替わり立ち替わりの祝い客で、無礼講の宴は一日じゅう続く予定だった。

「若先生、深川から鰻屋の鉄五郎親方らが、大八車に鰻を入れた竹籠なんぞを積んで姿を見せられたそうですよ」

と釜前の老爺が報告した。

道場での酒宴と聞いた深川鰻処宮戸川の鉄五郎親方が、

「いくら武家方とはいえ、スルメばかりでは酒の肴《さかな》には不足でございましょう。宮戸川を休みにしてさ、神保小路に一家眷属《けんぞく》奉公人総出で押し出しますぜ」

と尚武館の庭で鰻を焼くことを申し出たのだ。それを聞いた磐音は、

「今や深川名物の鰻処の暖簾を下げさせるなどできましょうか。どうかそのような斟酌は無用に願います」

と申し出たが、

「若先生はうちで鰻割きを何年も務めなされた。そのお蔭で宮戸川の蒲焼は深川一と評判をとるようになったんで、こいつは間違いのない事実だ。佐々木磐音様がなんと言われようと、武家地に蒲焼の匂いを立ち込めさせますぜ」

と一蹴された。

「招かれたお客人は喜ばれような」

磐音は糠袋で全身を磨き上げ、再び湯に浸《つ》かって真新しい衣装に袖を通した。

離れ屋に戻った磐音は仏壇の位牌に灯明を点し線香を手向《たむ》けて、

「小林琴平、河出慎之輔、舞《まい》どの、本日は磐音の祝言だ。覚えていような、明和

九年四月二十八日夕暮れ、われらは豊後関前に帰郷いたした。その二日後にはそれがしは琴平の妹奈緒どのと祝言を挙げることに決まっていた。だが、藩政に絡む騒動に巻き込まれ、そなたらの命が失われ、われらの夢も志も一夜にして潰《つい》えた。あれから六年の歳月が流れ、そなたらも早承知と思うが、奈緒どのは遠い出羽国山形に嫁入りなされた」

磐音はしばし言葉を切った。

「それがしは本日、速水左近様の養女おこんどのを嫁に迎える。われらの幸せをあの世から見守ってくれ」

磐音は手を合わせて友の位牌にそのことを願った。

ゆるゆると時が流れていく。

独りで過ごす日々は終わったのだ。

磐音はそのことを噛《か》み締めるように豊饒《ほうじょう》の孤独を楽しんだ。母屋や道場からは賑やかなざわめきが伝わってきた。だが、磐音の気持ちを察したか、だれ一人として離れ屋を訪れる者はいなかった。

「磐音」

とおえいの声がして朝餉と昼餉兼用の膳が運ばれてきた。

「養母上、そのような気遣いは無用です。それがし母屋に参りましたものを」

「母屋の台所は手伝いの女衆で一杯ですよ。今津屋様からも男衆女衆が何人も手伝いに参られました」

「それは存じませんでした」

磐音は、膳の上の桜湯の茶碗を手にした。湯の中で桜の花びらが淡くもふわりと咲いていた。

「本日からは佐々木家は二所帯四人になりますな」

「養母上、宜しゅうお願い申します」

おえいに磐音は頭を下げると、

「玲圓の願いでもあります。佐々木の主は本日から磐音、そなたです。私ども年寄り夫婦は隠居です」

と笑ったおえいが、磐音になにかを言いかける体で一瞬迷いを見せた。

「養父上養母上はご壮健にて矍鑠《かくしゃく》としておられます。隠居話は早うございます」

磐音は笑って箸を取り上げると、おえいも胸の中《うち》の思いをそのまま封じ込めた。

表猿楽町を出た速水こんの乗り物はゆっくりと武家地の間の神保小路に向かっ

た。

表猿楽町と神保小路の間は指呼《しこ》の間だ。

だが、どこの武家屋敷も、上様御側衆の速水家の養女が尚武館佐々木家に嫁入りというので提灯を立て、門番が行列をするように立ち番で迎え、見送った。

佐々木家の門前に到着した乗り物にはなんと養父の速水左近が随行していた。

門前で行列を整え直した一行は、老中をも凌《しの》ぐ権力の持ち主でもある御側御用取次とも思えぬほど慎ましやかで、嫁入り道具も少なかった。

武家は質素倹約を旨とすべしという考えの佐々木玲圓と速水左近が話し合った結果だった。だが、それだけに辺りに凜《りん》とした空気が漲《みなぎ》って、門前を潜った花嫁の乗り物は母屋の内玄関前まで運ばれた。

嫁迎えの内玄関では、佐々木家出入りの鳶の親方や大工の棟梁銀五郎らが企てた男女二人による餅つきが行われていた。

乗り物の扉が開かれて白無垢に角隠しのおこんが姿を見せた。

出迎えの人々の間から思わず、

おおおっ

という感嘆ともざわめきともつかぬ声が洩れた。

内玄関で周囲に軽く頭を下げたおこんの手を野中賢古が引き、祝言の座敷へと通った。

集う客は佐々木家と速水家の夫婦、それに坂崎家の代役を務める豊後関前藩家臣の中居半蔵、おこんの実父の金兵衛、今津屋吉右衛門に仲人の野中権之兵衛、賢古夫婦と限られた人間たちだ。

座敷には昆布をのせた三方《さんぼう》に高砂《たかさご》の島台《しまだい》。

磐音はすでに祝言の席に着いていた。その前帯には小さ刀だけが携えられていた。黒塗家紋蒔絵《まきえ》の小さ刀は、西の丸家基より、佐々木家に養子入りした磐音に祝いの品として下賜《かし》されたものだ。

おこんが座に着いた。その胸元には豊前宇佐の刀鍛冶吉包が鍛造した小さ刀があった。磐音の母照埜が磐音を通しておこんに与えたものだ。そして、小さ刀の袋はおそめが桜の花びらを全体に縫箔したおこんへの祝いの品であった。

待上臈《まちじょうろう》が三方に勝栗、のし昆布を引き渡して新夫婦にすすめ、かたちばかり収めると三々九度の盃事が行われた。

磐音もおこんも、厳粛にして簡素な祝言を象徴した盃を無事終えた。

ふうっ

という息が一座に洩れた。

「佐々木家、速水家ならびに坂崎家、金兵衛どの、夫婦固めの盃無事に飲み収めて祝着至極にござる。めでたやな、めでたやな、佐々木家の弥栄《いやさか》をお祈り申す」

野中権之兵衛の言葉で厳粛にも短い祝言は終わった。

おこんはお色直しに立った。着替えたのは磐音の実母照埜が博多の呉服屋に注文して仕立てた加賀友禅である。紫縮緬《ちりめん》地に孔雀《くじゃく》が大きく羽を広げ、海棠《かいどう》と菊があでやかに絡んだ衣装は、華やいだ中にも落ち着きが見えた。

おこんがこの衣装に袖を通すのは二度目だ。

最初、豊後関前の坂崎家で二人の仮祝言が行われたとき、照埜がおこんに贈ったものだ。この話を聞いたおえいが、

「本来ならば佐々木家がおこんさんにお色直しを誂えるのが世の慣わしにございましょう。ですが、磐音の母御様がおこんさんに用意なされた加賀友禅を江戸の方々にご披露なされるのが、お色直しの趣旨にそうものかと思います」

とおこんに勧めたのだ。

磐音とおこんは母屋から道場に向かった。

その途中、花婿花嫁の足が渡り廊下の途中で止まった。

桜の花が三分から四分に咲いて新夫婦を迎えていた。

「桜の季節、佐々木こん様と競い合う風景は見物ですな」

と吉右衛門が呟き、一同が頷いたものだ。

尚武館は道場の床だけで二百八十余畳、周りの高床、見所を含めれば三百数十畳の広さがあった。その中にすでに招き客が大勢いて、佐々木家の跡継ぎの磐音と嫁のおこんを出迎えた。

おおっ
というどよめきはおこんの風姿に対してだ。

「ご一同、ただ今佐々木磐音、おこんの偕老同穴《かいろうどうけつ》の誓い、三々九度の盃事を無事済ませたところにござる。今後とも若い二人をよしなに頼みますぞ」

と短くも心の籠った野中権之兵衛の挨拶に、

「畏まって候《そうろう》」

と一同が和して宴《うたげ》に移った。

磐音とおこんにとって生涯で一番長い一日である。

招客は入れ替わり立ち替わり現れ、ある者は帰路につき、ある者は百川の弁当や宮戸川の鰻を肴に延々と飲み続けた。

磐音は仲人の野中老夫婦の身を案じていた。なにしろ江戸のみならず東国剣術界の長老で七十歳を超えていた。また権之兵衛は酒好きで、差される祝い酒をかなり飲んでいた。立ち上がるときなど腰がふらついていた。それでも剣術で鍛えた体だ。飲み潰れることもなく月下氷人の役目を果たそうとしていた。

おこんはこの日、どれほどの人に祝いの言葉をかけられ、御礼の言葉を述べたか数え切れないほどだった。

いつしか長い一日が暮れて、夕闇を迎えていた。

野中賢古が、

「花婿、花嫁がいつまでも宴の場にいては飲み収めもできますまい。ささっ、どうか離れ屋に引き取りなされ」

と矍鑠とした動きで二人を宴の席から連れ出した。

離れ屋には伊邪那岐命《いざなぎのみこと》、伊邪那美命《いざなみのみこと》の夫婦神を祀《まつ》った祝言の床飾りが設けられ、磐音とおこんは拝礼した。また床の間には練絹《ねりぎぬ》が敷かれ、その中央には蓬萊《ほうらい》と称するめでたい品々が三方に飾られてあった。

賢古が、

「長い一日でしたな。よいか、これからは夫婦二人で共白髪まで一緒にな、歩いていきなされ」

と諭すように磐音とおこんに言い聞かせた。

「賢古様、長々と有難うございました」

「お礼の申しようもございません」

と二人が礼を述べると、

「仲良く床入りなされ。そして、この婆にやや子の知らせを一日も早く教えてたもれ」

と言い残すと姿を消した。

「おこん、疲れたか」

「磐音様こそお疲れにございましょう」

「末永く宜しゅうにな」

「私こそ宜しくお願い申します」

二人は顔を見合わせて言い合った。

そのとき、離れ屋の庭の桜が風に吹かれた気配があった。

磐音は立ち上がり、障子を開いた。

朧月《おぼろづき》が三分咲きの桜を照らしていた。淡く浮かんだ桜がなんとも幽玄な景色を見せていた。

「おこん」

と磐音が新妻に呼びかけたとき、桜の陰からゆらりと旅仕度の武芸者が姿を見せた。

「どなたかな」

静かな殺気を漲《みなぎ》らせた渋塗りの笠の武芸者に問うた。風雨に打たれた袖なしと裁っ着け袴に武者草鞋、年齢は五十歳前後か。

「タイ捨流、河西勝助義房にござる」

「遠州相良に引き上げられたのではござらぬか」

「それも考えぬではなかった。だが、時を待てと勝手な言い分の雇い主にな、ちと腹も立ち申した。われら五人、ゆえあって剣術家坂崎磐音を斃すと心に誓いし者にござる。同志の久米仁王、松村安神がそなたに打ち倒された以上、悠長に時を待つ気持ちにはなり申さぬでな。それがし独り、江戸に舞い戻った。祝言の夜に無粋は承知である。お内儀には申し訳なく存ずるが、尋常の勝負を願おう」

「おまえ様」

とおこんの声がして包平が柄先から差し出された。

「うーむ」

磐音は坂崎家伝来の包平を受け取ると鞘を払い、

「おこん、そなたに預けおく」

と鞘をおこんの手に残した。

磐音は縁側から足袋裸足《はだし》で庭に下りた。

河西が塗り笠の紐を解き、桜の木の下に投げ捨てた。

朧月が髭面《ひげづら》を照らし付けた。

東海道のどこから引き返してきたか、河西の五体に旅塵《りょじん》と汗がまとわりついていた。

「参る」

河西は黒塗の鞘を払った。刃渡り二尺三寸の定寸だ。

磐音は抜き身の包平を正眼に取った。

河西は下段斜めに切っ先を流して構えた。

間合いは一間を切っていた。

互いが一歩踏み込めば生死を分かった。

朧月が雲を割ったか、月光が老練な武芸者の貌《かお》を浮かび上がらせた。頬がこけ、眼光が鈍く光っていた。

河西の腰が沈んだ。

「えいっ！」

「おっ！」

互いが呼応するように腹の底からの気合い声を響かせた。

河西が踏み込み、寸毫《すんごう》遅れて下段の剣が刃を上に斬り上げられた。

磐音は真っ直ぐに飛び込んだ。

河西の喉首を迷いなく狙った。

互いが一撃にかけた必殺の技だった。

おこんは磐音の背が相手の河西の体を隠して突進するのを、言葉もなく見詰めていた。

磐音の背が斜めに傾《かし》いだ。包平が虚空に高々と延びてきて止まった。

その瞬間、

「げええっ！」

という絶叫が響き渡り、月光に血飛沫《ちしぶき》が舞い散るのが浮かんだ。

磐音の体は動かなかった。

その体の陰に隠れた河西の姿も見えなかった。

風が動いた。

離れ屋の庭に、

「若先生！」

と叫びながら、利次郎や鉄五郎親方が飛び込んできて、その場の光景に身を竦めた。

あとから従っていた元師範の依田鐘四郎も見た。

下段の剣を斜めに擦《す》り上げようとしながらも、磐音に機先を制せられて動きを停められた武芸者の背が、
ゆらり
と揺れて一気に崩れ落ちていくのを。

磐音は虚空にあった包平の抜き身を手元に引き下げながら血振りをくれた。

「磐音様」

縁側に両膝を突いた中腰のおこんが、鯉口《こいぐち》を差し出した。

磐音は黙したまま、

そろり
と抜き身を納めた。
春の月に雲が流れたか、桜が翳《かげ》って闇に沈んだ。

巻末付録

江戸よもやま話

結婚――感情と勘定の相克

文春文庫・磐音編集班 編

「末永く宜しゅうにな」

「私こそ宜しくお願い申します」

悲しい過去を背負って生きていく新郎と、その全てを受け入れて添い遂げると決めた新婦。幾多の危機を切り抜けてきたふたりにとって、祝言の日であっても、多くの言葉は必要なかったのかもしれません。不穏な影が迫るなか、ふたりのこれからに幸あらんことを願うばかりです。

相思相愛の磐音とおこんに水を差すようで心苦しいですが、今回はすこしシビアな結婚のお話です。

まずは江戸中期の武士で文人画家、柳沢淇園《やなぎさわきえん》が随筆『ひとりね』に綴った言葉（意訳）から。この時代の結婚観をよく伝えています。

惚れた女性を妻にするのは神代からのならわしだが、穴の中の穴熊の値段を決めるかのように、顔も見ず、気立てもしらずに、滅多無性に妻を決める。三行半《みくだりはん》のタネは誰が蒔いているのか（いや、男自身が蒔いているのだ）。ままならぬ世の中は残念であるが、これほどおかしなことはない――。

江戸時代の結婚とはなにかと制約の多いものでした。「自由恋愛」という言葉すら聞かなくなった現代では想像もつきませんが、原則として、武士は結婚相手を親や主君によって決められます。大名は将軍の親裁を仰ぎ、幕臣である旗本は老中や若年寄に、御家人は所属する組の頭に、藩士は各藩に、といったように上役に結婚の許しを得なければいけませんでした。その際、身分違いの結婚は厳に禁じられていました。将軍に拝謁できる御目見《おめみえ》以上と拝謁できない御目見以下の家同士の結婚も、武士と町人・百姓との結婚も禁止です。

ただそれは建前。結婚の目的は、世継ぎを得て家を存続させるためであり、生活が苦しい武家が、新婦の実家からの持参金を〝調達〟できる、またとない機会でもありました。身分を超えるために、相応の家格の別の家の養女となり、身分を整えてから嫁ぐ、「仮親《かりおや》」という〝裏技〟も行われていました。

いずれにせよ、当人同士の好き嫌いが介在する余地はほとんどなかったようです。冒頭の柳沢の言葉は、容姿も性格も全く知らない相手と結婚させられる不条理と、そんなことだから、三行半＝離縁となるのも当然だというぼやきでした。

もっとも、庶民の場合は、多少は融通が利いたようです。長屋の大家や出入りの商人、医師などの身近な人が見合いの「仲人」となって段取りをつけ、浅草詣でや上野や飛鳥山の花見、芝居見物などにこと寄せて相手の顔を確認していたようです。

ただ、芝居見物は観劇代に加え、交通費や飲食代など相応の出費がかかりますので、裕福な商人の見合いに使われました。そんな余裕のない長屋暮らしの庶民は、水茶屋を見合いに使っていました。水茶屋とは、寺院の門前で参詣人に茶を出す、オープンカフェ。男性が腰掛けて茶を飲んでいるところを、仲人に誘導されてきたお相手の女性が、通り過ぎるときに男の顔をチラッと見る。だらだらと話などしない。一瞬の勝負。それで直感的に生涯の伴侶を決めるのですから、その緊張感たるや相当なものだったはず。相手を気に入らない場合は、先に帰れば、縁談は不成立となったようです。

仲人は、身近な人が世話を焼くこともありましたが、職業として行う「仲人嬶《かか》」もいました。いわば結婚相談所ですが、商売として成立したのは、首尾よく結婚となれば、

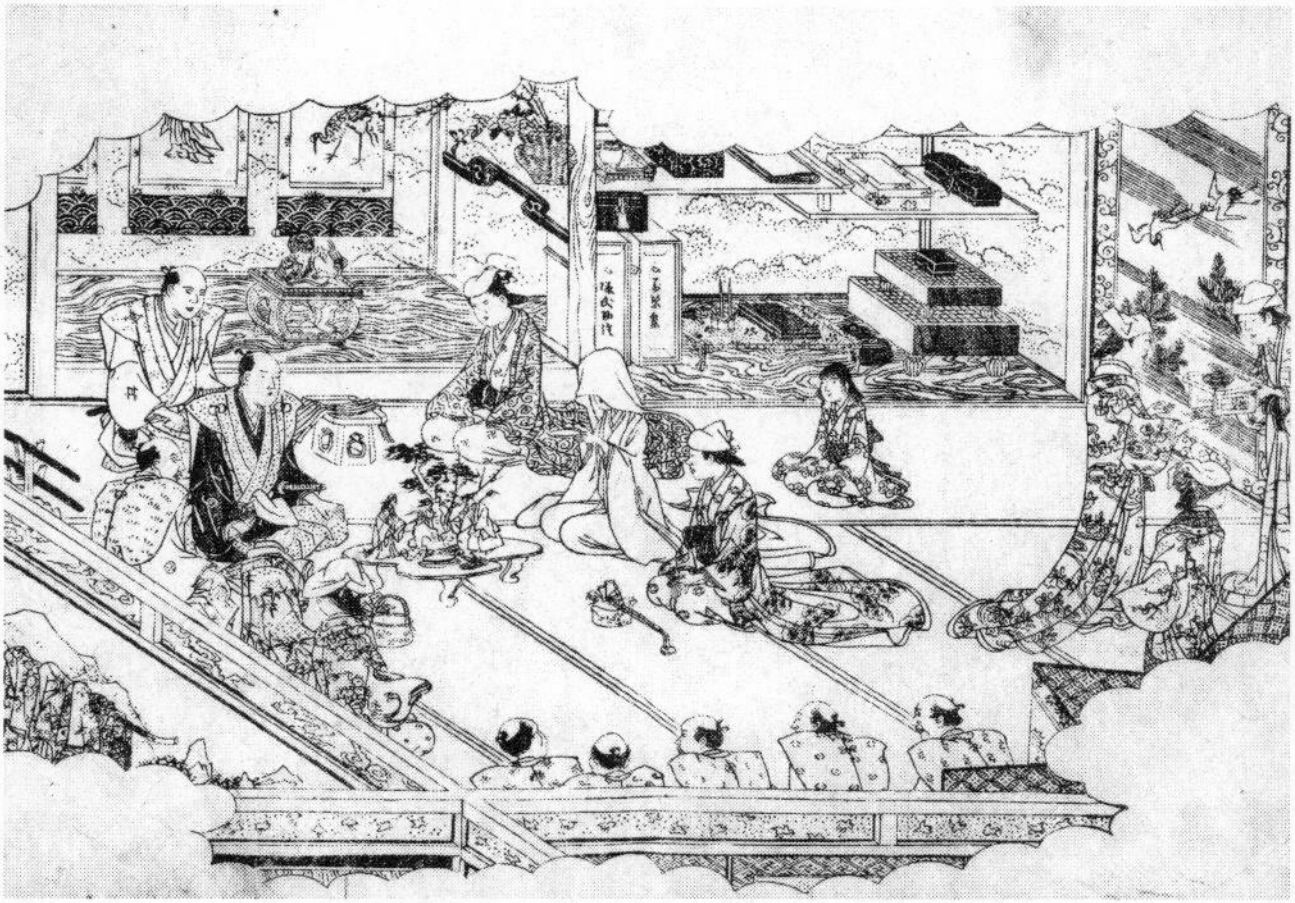

図　祝言を挙げる花婿は半裃に無地の熨斗目《のしめ》（小袖）、花嫁は綿帽子に白装束。2人の間に高砂《たかさご》の島台。花嫁の隣には待上臈《まちじようろう》（介添えと進行役）が座る。『復讐奇談安積《ふくしゆうきだんあさか》沼《ぬま》』（山東京伝作）より

新婦の実家からの持参金の「十分《じゆうぶ》一《いち》」、つまり一割を礼金としてもらえたからです。とりわけ多額の持参金とともに嫁入りする商人の縁談をまとめれば実入りは大きかったので、お相手の人柄や財力を盛って褒めて、なんとか縁談を成立させようとします。「瓜ざねを見せてかぼちゃと取りかへる」――見合い当日、瓜ざね顔の美少女（妹）だったはずが、嫁いできたのはかぼちゃ顔（姉）だった……。この川柳は、姉妹による替え玉の手口を揶揄《やゆ》していますが、婚礼のときまで、まともに相手の顔を見ることはなかったのです。おそるべし、江戸の婚活事情……。

いずれにせよ、目出度く縁組が整

いますと、結納や祝言など様々な行事が行われ、慌しく生活が始まり、いつのまにか夫と妻らしくなるのでしょう。

時は流れ――。誓ったはずの永久の愛もすっかり冷め、顔を見れば憎しみが湧く。互いに譲らずもめにもめ、結局、最後はお金で解決……。離婚にいたる夫婦には、人間本来の感情が露になるように思います。「三行半」をめぐる物語をご紹介しましょう。

三行半とは、離婚時に夫から妻へ渡される離縁状で、三行とすこしで書かれることが多かったため、こう呼ばれています。「我等勝手ニ付き」と始まることが多く、これが夫の「勝手」によって妻を一方的に離縁することができたと解釈されますが、実際はどうだったのでしょうか。次に挙げるのは、弘化《こうか》四年（一八四七）、下野国（栃木県）の名草村の百姓国次郎が、妻きくに渡した三行半です（『増補 三くだり半』二九〜三〇頁）。深く厚かるべき因縁がたまたま浅く薄かった、私たち夫婦に責任はないと離縁の理由から始まります。

離別一札之事

一 深厚宿縁洩(浅)薄之事

不有私、後日雖他え

嫁、一言違乱無之、

仍如件

弘化四年八月日 国治郎《(ママ)》 印

常五郎殿姉 きくどの

きくは、二十年前、同じ村の百姓庄蔵と結婚したのですが、あるとき魔が差したのか、同じ村の国次郎と浮気してしまいます。それをきっかけに夫婦仲は冷え込み、庄蔵と離婚したきくは国次郎と再婚しますが、わずか一年で、現夫との離婚と先夫との復縁を願って、縁切寺《えんきりでら》である上野国（群馬県）の満徳寺《まんとくじ》に駆け込みます。きくは弟に引き取られて、目出度く（?）離縁となりました。本来、縁切寺は、夫の酒乱や放蕩、暴力などに耐えかねて駆け込んだ女性を夫から保護していましたが、なんとそれを悪用した身勝手な女性もいたのです。さらに、この三行半にも明らかですが、たとえ妻に責任があっても事情を詳しく書くことはなく、むしろ「後日他へ嫁《か》すといえども、一言違乱これなし」と妻の再婚を了承さえしています。

幕府の『公事方御定書《くじかたおさだめがき》』には、離縁状の授受が夫と妻双方にとって離婚を成立させるための要件だとした上で、夫が離別状を出さずに別の女性と再婚した場合は「所払い」、妻が離別状をもらわないうちに再婚すれば髪を剃って親に引き渡し、と定められています。事実上の離別状態でも、手続き不備による重婚は処罰され、とくに「密通《みっつう》」が疑われる場合は、厳しく詮議され、認定されれば死罪に処される……はずでしたが、実は大事にならないように内々に処理されていたようです。

寛政《かんせい》八年（一七九六）、遠江国（静岡県）の横川村で訴訟騒ぎが起こります。要蔵ときわ夫婦は結婚して五年ですが、うまくいっていなかったのか、妻は二年前から親元へ帰っており、夫が用事で出掛けていた間に、別の村の八五郎と再婚しました。帰村してこれを知った要蔵は代官所に訴えるのですが、いわば家裁の調停のように協議された結果、要蔵から妻へ離縁状が出され、ご丁寧にも、妻の持参した財産（ふとん、袷《あわせ》や帯など衣類、櫛や簪など日用品）を慰謝料代わりに差し押さえることもなく、妻に返すことが決まりました。つまり、男と密通したはずの妻は、死罪に処せられることもなく、髪も剃られず、あまつさえ自分の財産もしっかり確保して離婚することができたのです。なんとも可哀想な夫は、ひとつだけ意趣返しをしています。「八五郎殿方え帰縁は不相成《あいならず》」、八五郎と一緒になることは罷りならん、と。

付け加えると、妻の持参金や嫁入り道具や衣類は、離縁する際に妻に返還するのが義務でした。それは、持参金を返せないうちは、妻を一方的に追い出すことができないことを意味します。妻の金を使い込んでしまった夫は、離縁すらできなかったのです。

ここに挙げたのは庶民の事例ですが、武士の離婚でも離縁状の授受があったようです。

縁組のときと同様、離縁にも届出（許可）が必要とされたため、「不縁につき、双方対談」して離縁の旨を幕府や藩庁に届けました。武家の場合、妻の家の家格は、夫の家と同格か、やや上である傾向があり、夫が一方的に離縁することは難しかったようです。
かの大石内蔵助《おおいしくらのすけ》は、吉良邸討ち入りの前に、自らの罪科が及ばないように妻りくを離縁します。「妻儀不届御座候て、如此申にて無御座候」と、妻に不届きがあったから、こうして離縁するのではないとする離縁状の一節が胸に迫ります。大石のような有名人でなくても、離縁状には夫の思いやり（妻から書くように強制されたかもしれませんが）や、社会的に体面を保とうとする虚栄心などが現れています。離縁することを妻に詫び、「養育料」や「飯料」などの扶養料の支払いを約束し、妻が引き取る幼子を案じる。惚れた妻に不自由をさせたら離縁も文句なしと結婚時に作成した離縁状も。対照的に、処罰ものともせず、自由奔放に生きる女性の姿はまぶしく映ります。〝嬶天下《かかあでんか》〟の夫婦が円満なのは、今も昔も変わらないようです。

【参考文献】

高木侃『増補　三くだり半』（平凡社ライブラリー、一九九九年）
中江克己『江戸の冠婚葬祭』（潮ライブラリー、二〇〇四年）
杉浦日向子『一日江戸人』（新潮文庫、二〇〇五年）

文春文庫

朧《ろう》夜《や》ノ桜《さくら》
居眠《いねむ》り磐音《いわね》（二十四）決定版《けつていばん》

定価はカバーに表示してあります

2020年2月10日　第1刷

著　者　佐《さ》伯《えき》泰《やす》英《ひで》
発行者　花田朋子
発行所　株式会社 文藝春秋

東京都千代田区紀尾井町 3-23　〒102-8008
ＴＥＬ 03・3265・1211㈹
文藝春秋ホームページ　http://www.bunshun.co.jp

落丁、乱丁本は、お手数ですが小社製作部宛お送り下さい。送料小社負担でお取替致します。

印刷製本・凸版印刷

Printed in Japan
ISBN978-4-16-791440-0